你 的 感 冒 很 梵 高

张小娴　主编

北京联合出版公司
Beijing United Publishing Co.,Ltd.

夜

夜

归　途

　　科技园的高楼总是给郑涛一种莫名的紧张感，它代表着这个城市的节奏，也代表着一种身份。这个城市里的精英似乎都要往这里挤，这个国度里最大的互联网企业、硬件公司、名牌外企都坐落在这里，好像只要在这里谋到了一个职位，就登上了一个阶梯，划到了另外一个阶层去。对外介绍便不再说是哪家公司、什么职位，直接概括为在科技园上班，简洁明了，彰显身份。

　　郑涛也曾面试过科技园里的企业，那时他青涩的胡须刚刚冒尖，故意留得沧桑一点，显得很有经验，想要挤到那个"阶层"

里去。两轮选拔，层层筛选，最后让他回家去等消息。可他最终却没能等来被录用的消息。面试失败以后，他对科技园的态度从一开始的向往，变成不屑和抗拒，多少换回一些自我安慰。

两年后，这家企业又给郑涛打电话叫他去面试，他说："之前面试过了啊，让我在家等消息，请问是还要面试一轮吗？如果是告诉我消息能不能现在就告诉我。"

电话那头迟疑了一小会儿，答复说："不好意思，我们不知道您之前参加过面试，我们核实一下信息，稍后给您回电话。"

郑涛笑了一下，挂了电话，兀自想着下一通电话是不是还要再等上两年。但这次不同的是，他等不了那么久了。夏敏考上了老家电视台的编制，这个消息，已经在他脑海里徘徊一个星期了，郑涛的掌心从未这样频繁地出过汗，他总尝试着握住点什么，好让掌心那种沉闷、黏稠的紧张感得以缓解，但是效果并不好。郑涛打算问问夏敏，这是什么时候的事，可话到嘴边几次都没有说出来。

他忽然发现感情到了这个地步，已经懒得去纠缠，因为内心知道结果，所以有节制地提问，聊天，寻找话题，这是纠缠了很多年后才有的默契表现，郑涛不知道是该庆幸，还是该难过。

但告别不择时日，夏敏给他发信息摊牌时，他刚刚从领导的办公室出来，方案不是很顺利，修改意见溶在老大黏稠的唾液里，连绵不断地喷泻出来，伴着南方夏日特有的湿热，让人不自觉地焦躁。

下午 3 点，太阳直射的地表一直在摇晃，颤抖着的空气好像在努力克制着颤抖的身体。郑涛松了松领带，叹了一口气，不是为工作，也不是为别离。为的是什么，他也说不清。总之该来的，那就让它早点来。

叹完气后他感到很难受，好像要失去什么，又好像从未拥有过。

下班的路上，郑涛把车开得很慢，好像特意把这段路拉得很长，好晚些面对没有准备好的事。等红灯的间隙，郑涛看见了他们刚来这个城市时一起租的房子。脑海中一下子闯进来两个人，他看见夏敏拖拽着自己的行李，有些害羞地进入了他布置好的房间，茶几的位置，书架的慵懒，都透着旧而温馨的味道，好像回到久违的家，慢慢溢出远方归来的接风气息。她手足无措又有些急促地打量着房间的每个角落。

郑涛走向窗边一把拉开暗色的窗帘，太阳照耀着毛毯，他站在阳光中回头对着夏敏笑，背光的五官挤在一起。她伸出手去摸，阳光洒在手上，柔软得像一颗棉花糖，郑涛将整理好的阳光慢慢洒向她城市的阴霾，告诉她在这儿有幸福的希望，她认真又害羞地听着，细细地品味着，小心翼翼地流动着。

晚饭和以往一样安静，他们都没打算率先去捅破这件事，都对彼此的冷漠心知肚明，想要改变一些什么，却又都无从下手。爱情终于到了最尴尬的时候，不够依赖，也没了勇气，年龄适当地出现，在选择困难的节骨眼上补了华丽的一刀，于是人们狠下心来割舍毫无希望的爱情。

郑涛想问问她什么时候考的试，是上次回去休假时，还是春节前后，想了想还是收住了嘴。是对这样的生活不抱希望了才给自己新的选择，还是顺便考着玩试一下，他在眼睛里问了无数个问题，又在心里替她全都回答了。

夏敏似乎看出了郑涛的纠结，她的眼睛里含着比答案更多的东西，他没有尴尬，居然一点点放松下来。郑涛突然就不想问了，

夜

不想问她什么时候走，也不想问她到底回不回来，更不想问他们今后会怎样。

吃完饭夏敏就开始翻东西，郑涛有点儿意外，觉得问题被她突然的举动给逼到嘴边，却又不知道以什么形式吐露出来。

郑涛说："我帮你收拾吧。"

夏敏明显变得手足无措起来，郑涛看得出自己打乱了夏敏的收拾计划，于是又主动退在计划外面，不再添乱。想说点儿什么，又不知道说什么好。9月的南方，夜晚仍然湿热不堪，他站在傍晚的天色里可怜外面的人，顺带着可怜自己。

然而夏敏并没有收拾得很顺利，东西太多了，在这个城市里的三年，他们积攒了太多的物件，需要的，不需要的，整理起来让人惧怕搬家。她在几本书之间来回犹豫，郑涛插嘴说："书回去还可以买的，不用纠结。"夏敏说："都可以回去买的，都可以重新再买的。"

郑涛愣了一下，不知道怎么答，夏敏好像被解锁了一样又追回来说："一直都是这样，书看完一本就放到箱子里一本，想再看就又要把箱子搬出来，我不敢买书架，怕搬家时带不走，扔掉又可惜。这么多年过去了，过的还是临时的生活。"

郑涛想说生活都是临时的，其实感情也是，但是没有说出口。一些东西堵住了胸口，他使劲地压下去后，帮她把地上的书和物品重新整理好，说："我送你吧。"

夏敏的情绪稳定了一下，抬起头有些复杂地推却着说："不用，你帮我拿上车了，我自己又怎么拿下来呢？"

郑涛说："我一直送你到家，从这儿开车到你家，也就 10 个小时，加满油，很快就到了，东西你就都能带走了。"

说完这些话郑涛就后悔了，过分积极好像是在赶她走，可是又不敢太冷漠，于是仔细分辨她的行李，认真地整理。她走到窗前，俯视着楼下那辆他们用一年多积蓄买的二手捷达，咬了一会儿嘴唇。沉默侥幸地存在了一阵，每当夏敏有话想说时郑涛就假装离开卧室，不给她决绝的机会。

这样反复两三次，夏敏就放弃了。最后一次离开卧室躲避她的欲言又止时，郑涛在卫生间里透过小而破旧的窗户看着外面的

夜

天空，一大朵乌云挡住了夕阳又飘过去，一路都下着零散的雨。城市太大了，每个角落的天气都不同，就好像人一样。

门外有人的脚步声，轻巧而试探，像是客人。郑涛忽然鼻子一酸，又按下难过，眼泪会让人犹豫，我们不能总是用煽情来挽留人，这种见效快过程短的疗伤方式不过是自欺欺人。

走的前一天晚上，他们躺在床上各自面对着不同的方向，又想着同一件事。后来郑涛做了个梦，梦里夏敏一个人拉着行李箱，在这个城市里安静地穿梭。城市像裹在水晶球里的虚幻，四季重复地切换着，但是夏敏的表情和样子，始终没有变过。

第二天两个人起得都很早，熟练地洗漱，不同的是这一次他们都不急于结束，牙很认真地刷，脸也很认真地洗，然后在镜子里认认真真地看对方，最后一起出门。出门前郑涛背对着墙，想着走出去再回来就剩下他自己了，他低头东西摇晃着，一脚踩在心里不见底，于是左右脚交换重心，像一个摆钟。

郑涛能感觉到夏敏看了他很久，最后还是她先开的门，头也不回地走出去，在外面不回头地驻足等着。他们把行李和食物小心地安排在车的各个角落里，然后缓慢地开上公路。

这次郑涛还是开得很慢，夏敏努力地四处看，连眨眼都小心翼翼，郑涛特意绕了几段路，夏敏发现了也没有揭穿，而是继续努力地看着。刚绕到他们一起租过的第一间房子时，夏敏的眼泪唰的一下就流了下来，然后把脸别到另外一个方向，用手抹掉痕迹。

那间房子很小，只有一室一卫，每个月只需要 1000 块钱房租。里面有过他们许多东西，有两个人的习惯、热情、欲望和自私。最后，人性之间的摩擦透支了他们的感情，也透支了他们的耐心。后来，他们换了更好的居住环境，也比以前更忙碌，他们的交流开始变少，还是不知道前面的路是什么样子。

这个时间不早不晚，白领们都已经进入工作模式，路不是很堵，很快他们就驶离了市区。两边的高楼不停地倒退，最后逐渐稀少，终于离开了这个城市。几乎在同一时间，两个人一起松了口气。车内的气氛忽然有一些尴尬，他们用余光打量着彼此，离开的伤感一下子落下来，导致离别没有机会挤进来。他们不仅准备了防卫别离的姿势，也准备好了情绪去为分开而伤感，但是没有派上用场的情绪忽然无所适从，这让两个人更加沮丧，反而更让人想停下车，看着身后的城市，抱着可能或即将要失去的爱人，用力哭一场。

夜

　　驶上高速以后，郑涛想放一点儿音乐或者听一听广播，让气氛不那么尴尬，但是打开以后就后悔了，广播里聊股市、聊经济趋势、聊泡沫房价，生活又变得紧张起来，它让心里趋向离开的一部分变得更加决绝坚定。夏敏听了一会儿就歪下头去闭上了眼睛，郑涛悄悄地把车速减慢，高速上偶尔有车超过他们，有的司机特意把脸扭过来示意他的不理解，郑涛依然缓慢地前行。

　　慢一点儿吧，再慢一点儿。这个城市给我的时间不多，我还没有站稳，我的爱人就要走了。这条路又给了我多少时间呢，我大概清楚，但我还想再拖得久一点儿。

　　路上她会改变想法吗？会和我回来吗？只当这是一次任性的吵架，或者出走，我们回去以后日子恢复原来的模样。继续朝九晚五地往上爬，举着自己为自己欠下的债，一点点往前挨。

　　郑涛慢慢地开，细细地想，他想把他们在一起这几年的片段重新梳理好，在路上从头再放映一遍，好让自己一个人回来时，不那么难过，也不那么孤单，两旁的风景不断地倒退，种下画面的地方结出一个青色的果来。

　　行驶了一段时间以后，夏敏就醒了，或者说她一直没有睡着。

郑涛提议找个地方停下来吃点儿东西，虽然没有走出多远，但是早餐在出门的慌乱中，几乎被完全忽略了。他们往前又开了一会儿，在路边看见了一个休息站，车开进去，一群年轻人靠在车边吃泡面，看样子好像是自驾游的。两个长得很好看但打扮不同的男生交换着吸同一支烟。一个头发很长，着装特异；一个平头干净，服饰简单。

郑涛在休息站里随便买了一些东西，好方便蹭到一些热水泡面，等面熟的时候他偷瞄着吸烟的男生问夏敏："你喜欢哪个？"

夏敏侧目看了一眼，目光冷淡，答得也很冷淡。"都不喜欢。"

郑涛想找一些话题把聊天经营下去，但是他发现夏敏一直在望着窗外的路边，眼神聚焦成一个点，不像是发呆，倒像是仔细观察着什么。他顺着夏敏的目光追过去，发现马路旁站着一个老奶奶，着装朴素，克制地望着来往的车辆。风吹起她凌乱的头发，与整齐的衣服形成明显的对比，像是站在那里很久了。

他们简单地吃了几口面，出了店上车后，夏敏还是一直盯着那个奶奶，他们绕到奶奶前面去，又慢慢地驶上马路。奶奶也看着他们，忽大忽小的眼睛里闪烁着一些东西，却仍是面无

夜

表情。

走了没多远，夏敏忽然要郑涛回去，郑涛知道夏敏的心意，他几乎在命令发出的那一刻迅速做出了反应，没有犹豫也没有疑惑，他熟练地找到最近的出口开了回去，像是每个时刻都做好了准备。郑涛按捺着自己的激动，他多庆幸这样的惊喜能多一些，多到足够他们耗尽回家的冲动，耗尽他们再往下走的欲望，耗尽他们本来计划好的时间，然后不得不好好收场回到原来的城市去。

奶奶住在高速公路附近郊区的村庄里，往年的这个时候她都会从这里出发走几里路，去给老伴扫墓。以前这里的高速还修得不那么完整，奶奶总是坐着同村邻居的小货车，或者搭进城归来年轻人的摩托车一路赶过去。后来这里修了高速，摩托车绕了道，货车也改了出行的路线，奶奶的出行便成了问题。有时她就在路边站一会儿，希望能有车载她一程，要是不行，就走几个小时过去，带好干粮和水，与祭拜的食物一起放在背包里，在心中划分开它们的关系，这些食物不属于同一个世界。

他们把奶奶请上了车，透过后视镜，郑涛用余光扫过奶奶，她一直看着车窗外高速公路两旁的树木，绿油油的山野交叉着后退，在洼地里的破房子突兀地站在原野里望着天空，好像又变样了，真快。

　　不说话的三个人，没有尴尬地一直沉默着，车继续平缓地前行。走了一会儿路况忽然变得不好，地面变得坑坑洼洼的，车颠簸得厉害，夏敏被震得睡不着，焦躁地看着车下的道路。雨天后大货车来来往往，把路全部压坏，这里的路不结实，估计还会翻修。

　　后来的路越来越难走，直到一辆陷在坑里的车堵住了他们的去路。郑涛皱着眉在车里观察前车被陷的情况，他窃喜地用余光扫视着夏敏的表情。没有人下车，他们好像都在等对方做出一个决定，是在这里继续等，还是另外想办法。

　　老奶奶先打破了沉默，她谦卑地向坐在前座的两个人道谢，低着满是讨好笑容的脸，频频点下忐忑的头，准备下车走过去。

　　夏敏问奶奶："您还要走多远？"
　　奶奶眯起眼睛沉思了一会儿说："天要见黑的时候估计就到了。"
　　"那您回来怎么办？"
　　奶奶顿了一下，尴尬在这个时候从她的嘴角挤出来，站在三

夜

个人之间。

"走回来。"

车里又静了一会儿，夏敏忽然说："等一会儿吧，等一会儿路通了，我们送您过去。"

奶奶有些含羞，皱纹里挤出来一些接受善意之后的惶恐，连连摆手说："就到这儿吧，就到这儿吧。早该谢谢你们了，早该走了，能到这里就不容易了，没想到的。"

她说完就抢着下车了，然后步履蹒跚地往前走，夏敏有点儿不知所措，她想拦住奶奶，却又犹豫了一下。她看着奶奶小心翼翼地迈过凹凸不平的地面，艰难地爬到一个坎上，然后焦急而慌乱地下去，再急匆匆地消失在他们的视野中，仿佛怕他们跟上来，跳下去的一刹那风带起她的白发，飘散着，带出许多无奈，夏敏的心跟着揪了一下。

他们安静了一会儿，夏敏忽然让郑涛想想办法，挪一挪车，看还能不能瞧见奶奶，或者问问前车到底什么时候能出来。郑涛放空了一会儿，好像在考虑夏敏的要求。事实上他并不想下去，他想在这儿多耗一会儿。等到天色暗下来，等到他们都耗尽了热情，等到他们开始犹豫，开始放弃，最终掉头返程。

夏敏渐渐变得懊恼起来，她反复催促着无动于衷的郑涛，在没有得到反馈后她自己下了车，走到前车旁去问情况。她对处理事故的人大声提问，没有耐心，她要对方迅速做出回应。她爬上那个近距离看一点儿也不高的坎，朝远方看，找寻着踪迹，风吹开她散乱的刘海儿。

郑涛在坎底下看着上面的夏敏，他忽然想起他们刚认识时夏敏的样子，他又觉得他有点儿不认识夏敏了。他站在一个坑里仰望着上面的爱人，这个时刻的夏敏一点儿也不像是那个写字楼里被推来推去的小姑娘，她那么有力又那么勇敢，她站在坎上看着奶奶离开的方向，像是看着远去的希望，郑涛忽然泪眼蒙眬。

有那么一刻，他忽然很想帮她把奶奶送到目的地，或者说帮他们把希望送到目的地。他在那一刻彻彻底底地理解了爱人，理解了夏敏。

他们再一次折返回车里，郑涛掉头，寻着他们来时的一个岔路去了，他们想找一条另外的路，绕过去追上奶奶，再把她送到

夜

目的地。

　　他们开得很急，路很颠簸，但是他们仿佛一点儿也不害怕，都在仔细观察着道路的状况和过往的车辆，与之前的沉默和尴尬截然两样。郑涛边开边想，上次有这种感觉是什么时候。

　　好像是他们刚来那个城市的时候，一起面对着一个目标，两个人抱在一起往前走。路不好走，很多困难很多诱惑，但是他们有共同的目标和共同的希望，他们依偎着徐徐前进，一道道坎被他们甩在身后。已经过去的现实佯装祝福，即将到来的现实暗暗偷笑。城市挤压着平凡的人们追求的简单，所剩无几的平凡也变成了欲望的消遣。

　　走着走着他们又遇见了一辆车，一条小溪拦住了他们的去路，溪上横着一座破旧的木桥。不知道是否可以通过，前面的车好像没有掉头的意思，甚至没有熄火，他们跃跃欲试地前后挪动着，好像在蓄谋着什么，郑涛刹住车，和夏敏一起呆呆地看着前面。
　　那辆车前前后后蹒跚了一会儿后，忽然就熄火了，世界都安静了，他们好像根本没有在意后面的人。隔了没多久前车的发动机再一次轰鸣起来，声音比以往还要尖锐。车忽然就冲了出去，在看似脆弱的木板上滑着过去了，郑涛和夏敏在车里倒吸一口冷气，而后又放心地吐了出来。

　　这辆小轿车平缓地过去了，轻盈而又突然地冲了过去。真是冒险，郑涛替他们捏了把汗后，又看见从前车下来了两个男人，正是他们在休息站里看见的那两个交换着吸烟的男生。他们疯狂地拥抱，接吻，然后再流泪，号啕大哭。

　　还没有从惊讶中完全缓过来的郑涛，在那一刻忽然就慢慢放松了下来，他甚至有些感动，心又变得柔软。为了爱逃离城市的人一共有多少，他们离开别人的视线，离开别人世俗的评判与标准，偷偷地跑到外面默默地相爱。但即使这样，活着也还是很难，那座联系两个人的桥看似脆弱不堪，却又像稻草一般让人架之希望，为之冒险。

　　或许他们也很累了吧，也想把机会交给上天，交给这个看似脆弱却又是唯一希望的木桥。

　　郑涛转脸过去看旁边的恋人，夏敏微笑着把眼泪和鼻涕抹在了一起，在脸上融成了两道明显的痕线。

　　很快，那两个小伙子就走了，去默默地相爱了。后车里的两

夜

个人也要开始纠结，到底要不要过去了。郑涛仔细打量着自己的这辆二手车，好像比他们的车大一点儿，沉一点儿，他虽然很感动，但是他还算足够理智，并且对木桥也没有足够的信心。

夏敏知道郑涛想的是什么，她挪了挪身子，调整了一下自己的安全带，他们还要去追奶奶，还要继续往前走，她需要放松下来好继续的心理准备，但还是把决定权交给了郑涛，她想等他决定。郊外很安静，一声蛙鸣都没有，寂静在周围落下来，他们听得见身体里发出的声音，关节的声音，呼吸的声音，吞咽的声音。

郑涛忽然解开了夏敏的安全带，叫她下车。夏敏没有反应过来，坐在副驾驶座位上瞪大了眼睛继续看郑涛。郑涛重复了一次要求。他说："下去吧，在这头等我，等我先过去，你再过来。"

好像有什么东西在一瞬间化开了，之前的尴尬，两个人之间的芥蒂，长久以来积攒的厌倦和疲惫，在那一瞬间都变得熟悉而亲切。

在那个美好的瞬间过后，温柔的舒适感和似曾相识的勇气充溢了两个人的心。他们要过去，要找到希望，要把没完成的事，继续下去。

夏敏又扣好安全带说："一起过去吧，一起去追奶奶。"

郑涛双手都放在方向盘上，他意外地朝夏敏笑了笑，是那种平日里犯错了才会露出的讨好的笑。他绕着目的地边缘小心翼翼地寒暄着，他不知道桥到底结不结实，他没自信，他想让夏敏下车，这样重量也能轻一点儿，成功的概率大一点儿。

夏敏没有要下去的意思，她的动作与神态没丝毫犹豫，她直直地望着郑涛，绷紧的视线表达了自己的决心。郑涛忽然很想珍惜她突如其来的勇气，这样他们就可以一路追下去，然后绕一个圈，最终回到他们共同的家去。

对峙的空气流转出一种体恤式的温柔，没有人想打扰这一刻的默契，他们似乎失散了太久，需要好好享受一下这样的时刻，但他们明白时间不能拖得太久。

郑涛拼命回忆刚才那两个男孩过桥时的车速，他悄悄地摆好位置，准备好决心，把手放到各自的位置上，他落在挡杆上的手上又多了一只手，熟悉的温度在他的手背上来回摩擦，郑涛的心沉到了最底下，他很久没有这样踏实过了。目光向前延伸，两旁的景色不断地倒退。他平静地踩下油门，汽车加速，发动机的声音几乎完全被忽略掉了，没有嘈杂的噪音，没有汽车碾过木头紧张的颠簸感，他感觉自己几乎在真空的状态里驶过了木桥。

动作从未像此刻一样慢过，他们几乎在一瞬间感受了各种各样的心情与纠结。穿过去停下来那一刻，他们也像那对男生一样，拥抱在一起，脸贴着脸，泪融进泪，嘴唇纠缠着嘴唇，他们放下了该放下的，拿起了该拿起的。随后寻找的那一路，他们都一直牵着手，模仿着对方呼吸的节奏，一起耐心地寻找着。

他们走了很久，也绕了很多地方，汽车在凹凸不平的路上颠簸攀爬，上上下下地左右张望着，人影若隐若现，但是始终没有他们要找的那个挂着布包的背影。

天色渐渐暗下来，焦急慢慢占领昙花一现的呼应，他们又变得烦躁起来，车在回归正常的方向以后，仍然绕行着可能抵达的地方不断地寻找。他们询问车辆、路人，寻找那片奶奶口中的荒地，仿佛葬送过以往的希望。

他们在路上恍惚地看见了几次奶奶，又都失望地收场，最终回到了归家的路线上。沿途他们又打听了一些人，去了几个墓地和荒原，有的已经祭拜过了，朱砂写过的红字上有颤抖的痕迹，碗碟之中放的也是些有色泽的水果。有的无人问津的墓地，他们也摆放了一些食品，就当是过路缘分，了却心中所愿。

他们又上路了，汽车继续缓慢地行驶。车灯探出两道慵懒的光芒，发动机的声音熟悉而舒缓，一辆辆车急匆匆地超过他们。夜色很柔，越是黑暗，星星就越是美丽，月光缓缓地落下来，洒在道路两旁。他们沉静地想念着过往，猜测着前方。

你知道生活什么样吗？就是这样的，多数时候都是失望的，我们在失望中找寻希望，又在希望中麻醉自己逃避失望，车往前走，人就顾不上看看道路两旁，还有身边的人。你知道的，总有什么在推着你走，不是你想停就能停下来。

我们眼看着身边的人落到后面，我们告诉自己停不下来的；我们眼看着失去的东西越来越远，我们告诉自己停不下来的。我们只有堵在路上眼睁睁地看着希望走远了，那时才能停下来，看看我们到底失去过什么。

到了夏敏的家乡后，他们先去吃了个早餐，然后绕着城市转了一圈，郑涛忽然想起夏敏和他说过的小学、中学，去过的公园等，他想和夏敏一起去看看，但是看夏敏满脸的疲惫，他又打消

夜

了这个念头，毫不迟疑地向夏敏家驶去。

　　汽车缓缓地驶进夏敏家的小区，即使郑涛已经非常小心，但他还是打扰了一个三线小城旧宅区清晨的宁静。买早餐的老人紧紧盯着车窗，想看清里面的人；坐在父亲后车座的孩子抓住了胸前的红领巾，闭着眼喝着一盒牛奶。他们悄悄地驶过这些人，走到这个小区的深处，又静了下来。

　　阳光照进车窗，晃出反应过慢的疲惫。夏敏让郑涛和她一起上楼休息一下，郑涛把了把方向盘，揉搓着双手，还是拒绝掉了。夏敏还是原地坐着，不知道在等什么，郑涛也还是不说话。

　　楼里的人渐渐走空，天气开始变热。烘烤的温度将咽下去的话再一次提了上来。夏敏整理好衣服，抓住旅行包的背带转身问郑涛："你真的不和我上去了吗？"

　　"不上去了。"
　　"都到这儿了，为什么不上去？"
　　"我什么都没准备。"
　　"那你需要准备什么？"
　　"总不能挂着两个黑眼袋当见面礼吧？"

"这见面礼你准备多少年了？"

不置可否的眼神将郑涛的头又按了下去，他把脑袋深深地埋在方向盘里，就好像他埋在酒桌上、办公桌上、电脑前和曾经的晚高峰地铁上一样。

车门开了，又关上，脚步声越来越远，直到寂静又在身边落了下来。郑涛数着呼吸的频率恍惚中判断自己周围的环境，又渐渐地睡着了。

梦里，夏敏又返回车上和他说："咱回去吧，我不去那儿上班了，咱回去好好过日子。"

郑涛哭着说："我是不是耽误你了？我不想让你回家，我想上去，可是我什么都没准备，我不好意思见你爸妈，我害怕，特别害怕，我一直都很害怕……"

后来梦醒了，不知道是几点钟的郑涛，急匆匆地发动汽车驶了出去，又在城市里的街道上慢下来，漫无目的地开着。

他擦干眼睛，细细地看着这个城市，想着爱人在这里生活过

夜

的影子。他忽然想去看看她的学校、她曾经待过的地方。车停在一个卖煎饼馃子的小摊前，郑涛买了一个煎饼馃子，向摊主问道："您知道岭西小学怎么走吗？"

"小伙子你是外地人吧？岭西小学早就没了，很多年前就拆了。"

"那铁路中学呢？铁路中学还在不在？"

"也没了，都拆了。小伙子你问这些地方干什么？"

"想找个人。"

"你来这儿就是找人？"

"我是来送人的，人送完了，现在想找人。"

"那些地方都不在了，找起来太难了。"

"怎么说没就没了呢？"

"都得没的，迟早的事。"

"迟早都会没的。"

郑涛开着车绕着这个城市走，广播里说他工作的城市今年秋天来得晚，走得也比以往早，南方的秋天一直都是这样，被夏天吞噬掉了一大半，又在假期里被人们躲掉了一半，所以它总是显得很匆忙。郑涛看着外面沉默肃杀的景色，一个老人小心地避开落叶和汽车带起的灰尘，这个城市的秋天反而正值当下。这里不是他的城市，广播里说的也不是他的城市，郑涛绕着街道一直开，找不到可以回去的路。

夜

错过的变成故事，没错过的变成未来 文/周宏翔

他想还是应该告诉她真相的。

他拿出手机的时候，屏幕上"电量不足"的提醒让他略感恐慌，这种恐慌和十几年前高考前夕即将与同学好友分别时的恐慌有些相似，即使出门在外好些年，他依旧非常担心失联的情况发生。然而他现在身处的是西北某个小地方的机场，并不像大多数时候一样有供充电的插座，就更别提 Wi-Fi 这样的东西了。信号连最后一格都无法确保，点开通信工具，基本处于无法连接的状态。他对着落地玻璃深深地吸了一口气，势必让自己沉下心来，

但 LED 屏上显示的"delay"还是让他非常不快。

　　发给叶熙的信息卡在那里，像是哽在喉咙的鱼刺，他输入好的几个字，不管切换几个角度，依然处于"无法发送"的状态，最终他索性作罢，把手机塞进了口袋里，抽出手时，被裤袋边上的拉链划了一小条红印，他像小孩子一样，用嘴啜了一下手。他回头的时候，起飞的时间到此刻还没有具体通知，他真后悔没买延误险，这么多年，他还是会为了十来块钱计较，他曾深度思考过这个问题，这大概是影响他成为伟大的人的最致命的缺点。

　　叶熙或许还发了别的信息来，就像记忆中的那个她一样，在联系不到他的时候，猛打三十几通电话，发无数条重复的信息，说决绝的话，胡乱猜疑，最终在接通电话的那一刻号啕大哭。但叶熙应该不会那么矫情，毕竟已经过了那个年龄，叶熙也不可能是她，大脑皮层中两个人的印象也无法重叠在一起。

　　叶熙当然和大多数女友一样，缱绻在他的怀中问过曾经的情事，他并没有摆出一副讳莫如深的姿态，大都坦然而谈，唯独关于她的事情，变成三言两语的轻描淡写，叶熙或许也听累了，像是听了一千零一夜的夜话，疲惫地瘫在床上，来不及听完他讲的故事。她会一边褪去内衣，一边坐在他的身上说，好了好了，我

夜

并没有那么关心她们，只是祈祷她们都能有个好归宿，没有被你这个薄情郎所耽搁。然而，他们做爱并不如想象中那么激荡，反而如同白水的温吞，在他们拥抱的瞬间让彼此感觉安稳。

　　到了这个年龄，很多事情都变得纯熟而游刃有余，好比做爱，在他看来，这与手艺无异。十几年前，他和她躺在床上，急急忙忙撕扯掉彼此的衣物，在私密的空间里闻嗅着自以为熟悉却有些陌生的气息，包括发丝，皮肤，以及口腔里的味道，然而他们除了接吻，并不敢做更多的事，一举一动都显得笨拙。一方面，他们对"责任"还抱有一丝胆怯，特别是看过许多偷尝禁果而不得善终的新闻之后；另一方面，他们也无法了解到性爱真正的含义，但是他很清楚，她的眼神中充满了渴望，渴望得到进一步的宠爱，但他并没有满足她的想法，他还没有做好准备，也没有像侵略者一样非要侵占对方空间的意思，等到他自我解决之后，倒在床上睡了过去。

　　后来到了大学宿舍，男生们讨论起这些事情的时候，唯独他没有表现出格外的狂热，甚至在某些场合，有人把女友数量与上床次数作为炫耀的资本，这让他有些反感，他常常是选择逃避话题，或者干脆充耳不闻做别的事情。久而久之，大家开始把他排除在外，甚至谣传起一些事情来。

　　他想起高中的时候，夜里，她会拨打他家的电话，她知道他父母饭后会出门散步，这是惯例。有时候，他并不是那么想接她的电话，她就会打来十几通，让他不得不接，她会在电话那头发牢骚，可是他只是敷衍地打着哈哈，然后说自己刚才下楼去买酸奶了。她有时候会为打不通电话流泪，在电话那头号啕大哭，他最怕处理这样的事情，也不会说些安慰人的话，他说，好了，以后不会再漏接你的电话了。她才乖乖作罢。

　　那时候他还与她见面，但是自从高考结束之后，她就按父母要求去了比较远的城市。她自幼是个乖乖女，父母一开始就帮她决定了人生，姑且不说这些，即使毕业前夕，他也没有半点挽留的意思，像"不如我们考同一所学校吧"，或者"我和你一起考到那里去吧"的话，她都没有听到他说过。那天下着大雨，他让她到家里来，正巧父母去乡下看外婆，到晚上都没回来，他们还是像往常一样赤裸相对，他们一边接吻，她一边用手帮他解决，末了，她说，父母已经为她做好打算，他单单一个"哦"字就解决了这场私会。

　　但他们确实还会见面，放假回家，他还是会和她打电话，邀请她到家里来玩，她也没有拒绝，但是并不如当初那样主动地与他缠绵。唯独一次，他突然看了什么片子，寂寞难耐，打电话让

夜

她过来，她轻轻敲响他家的门，他父母已经睡着了，他拉她进房间，帮她脱掉衣服，她趴在他肩上，他感觉到有液体落在肩上，有些烫，他停下了手上的动作，大脑像是突然清醒过来，她坐在床沿，漆黑之中，沉默在彼此脸上划了条口子，之后匆匆离开，她便没有再接过他的电话。

大二的时候，他有过一个孩子，虽然事后他再回想起来，那或许不一定是他的孩子，但他确实在某个瞬间有了一丝做父亲的喜悦。

那个怀孕的姑娘叫阿静，并不是与他同一学校的学生，但他还是非常单纯地认为阿静是一个专一的姑娘。他们之间谈不上交往，他很清楚，阿静的存在，完全是为了替补他内心某些缺失的部分。第一次相遇，他便不顾一切地进入她体内，第二次第三次也是，甚至从一开始，他们就省略掉了前戏的部分，直接进入正餐。阿静的嘴里总是有一种类似咖啡的味道，他不知道她是不是总在见他之前喝咖啡，还是那仅仅是一种巧合，她的声音很好听，他觉得在床上那是一种享受，但是回到平常，又觉得过于甜腻。大概半年之后，阿静告诉他，月经已经停了好些日子，她不敢去买验孕棒，那种少女的生涩让他有些痛惜。他像是看透了她腹中的骨肉，一种血浓于水的冲动让他握着她的手说："如果真的怀了，就生下来吧。"这种话怎么看来都应该让女孩感动，可是阿静却没有，她给了他一耳光，然后说："我可没有决定要和你过一辈子，你有什么资格擅作主张。"他觉得好笑，任凭脸颊泛红，阿静问他要了一笔钱，想要打掉孩子，他东拼西凑弄到一些，给了她一张卡，说要是打掉了，再买点补品好好养养。阿静接过那张卡的时候，眼睛微微泛红，她说："你能不能陪我，我有点怕……"

这件事他没有告诉过任何人，一旦脱口，必将成为众人口中的笑话；宿舍的男生最爱说的话就是"那个婊子"，这个称呼也会很容易地戴在阿静的头上。他忍住了，倒不是真的担心别人取笑他，而是觉得自己大概伤害了一个姑娘。

他陪她从医院出来的时候，她的嘴唇有些泛白。他在医院附近找了一家廉价酒店，让她休息。他去楼下买水，上来的时候，她已经走了。她走得很彻底，没有留下任何痕迹，连床铺都格外规整，像是她根本没有躺过的样子。从那之后，他再也没有见过阿静。

后来，他也曾与叶熙简单交代过这件事，大概时过境迁，这些事也变得云淡风轻，他唇齿之间少了几分年少时的亏欠，像是在叙述别人的故事。叶熙没有表现出什么异样，反倒问："如果那

夜

时候真的生下来，你会与她结婚吗？或者说，真的会去养大那个孩子？"他哽了一下，念及大学时自己的想法，确实没有欺骗阿静的意思，但经叶熙问起，他倒没有那份肯定的勇气了："大概是吧，至少……当时是。"

大学快要毕业的那年，父母突然问到他的私事，关于恋爱与否，他摇头否认，说来倒是事实。父母探测的语气中带着一些遗憾，说到同龄的谁谁谁已经把女友带回家了，后来母亲突然提到她，说："陈沐呢，就是以前常来我们家玩的那个丫头。"他嚼着脆肠，嘟哝着说："不知道，大概也有男朋友了吧。"随即又端起碗，盖过半张脸，避开父母的眼，扒拉了几口饭。

可他在撒谎。

当时社交网络已经逐日兴起，很容易就可以查到旧友的信息，他与她在网上互加关注，虽然并没有真正聊过天，但是通过她的平日状态，他了解到很多。好比她一直在准备英语考试，也在犹豫出国还是考研，应该恋爱过，但是分手了，而且恋爱的时间很短，她并没有旅游的爱好，去的地方也不多，偶尔看看书，也是其他人不怎么会看的，最爱的是博尔赫斯，她有过三篇日志专门写过读后感。他不会去留言，也没有任何谄媚调情的暗示，就像是躺在她通讯录里的僵尸，在深夜睁眼窥视着她的一切。等到她生日前夕，系统会有相应提示，他从书店找来几本博尔赫斯的书（应该不是正版），按她的地址寄过去。她没有回应，也没有拍照发在网络上，书就像是进入了某个空间，凭空消失一般，但他有预感，她收到了，而且有所触动。这不是他凭空幻想，而是有据可循，好比快递大概抵达的那天，她会停止更新状态，等到第二天才恢复正常，他想，这是只有他才能看懂的讯息。

大三快要结束的那个暑假，也就是阿静消失的那个夏天，他与她见过一面。并不是他们事先预定的约会，用她的话来说，大概老天觉得他们彼此可怜，特地安排了这场相遇。

他的手机是什么时候丢的，他已经完全记不起来了，那时候的绿屏手机还没有屏幕上锁的功能（即使有也很少有人会使用），一旦丢失，被人捡到，就基本没有归还的可能，但手机还是被还回来了，而且是她还回来的。说来有些蹊跷，手机并不是她捡到的，而是前往她家做客的叔叔，那个长满络腮胡子的男人一边坐在她家椅子上一边和她父母炫耀自己好运的时候，用手挥了挥那部八成新的手机，她也只是斜睨了一眼，没有放在心上，直到那个男人去上厕所，桌上的手机突然响起来，她看着屏幕上的号码发呆了几秒，或许是与记忆中的某一串数字完全吻合，让她吓了一跳，她拿着手机迟疑了片刻，到底还是接听了那通电话。

"喂……"声音与她想象的没有什么区别，可她却不敢说一句话，下一秒便切断了通话。她向那个叔叔说明了情况，在那个络腮胡子男人看来，她并不像是要私吞那部手机，但依旧用狐疑的眼神看着她，在"占为己有"和"物归原主"之间，难免有些尴尬。最终她拿着手机敲响他家房门的时候，多少带着些几年前去他家与他私会的忐忑。

机场的广播终于通知登机的消息，他拖拽着行李，缓慢地跟上簇拥排队的人群。他好像看见她，就坐在邻座的位置，冷气扑面，她问空姐要了一条毯子，好像要趋避窗外的光线，盖着毯子，又将头也罩进去，与周遭的一切绝缘，就这样任性地窝在角落里，像是在和他生闷气，也没有要与他说话的意思，争执也没有，更不用说低吟软语。但他很快又意识到了，邻座确实有一条毯子，但是座位上并没有人，右手边的中年男人捅了捅他的手肘，示意他去拉下遮光板，以便可以在飞行途中入睡。

他是大学快要毕业的时候才学会骑自行车的，这与他的智商无关。当时有一个叫阿强的要好朋友，区别于寝室里那些朝夕相处的室友，会与他谈论女人之外的事情，这是吸引他的地方。阿强是自行车爱好者，关于自行车的种类，他都如数家珍。阿强鼓励他一定要去尝试骑自行车，那是一种释放原始冲动最好的办法，与开摩托车和机动车不同，机械的原始化以劳动人民自我发力为根本，并不是借助电力或者磁场，自行车保留着淳朴的天性，像是血气方刚的少年。然而，他并没有要载的女友或者伴侣，他花了很短的时间掌握了骑车的要领，包括放开双手在大道上行驶，跟着一帮疯狂的赛车手挑战马路上的轿车。阿强告诉他，当你双脚蹬踏使单车加快到一定程度时，你会在流速消失的周围景象中看到你最想见的景象。

他以为会看见她，实则没有。

坐在飞机上的他会不免想起这件往事来，因为自行车的速度与飞机相比，相去甚远，但他坐在座椅上却丝毫感觉不到"速度"带来的快感，这是他常常思考的问题。最终他相信了阿强的理论，一些原始的动机永远无法被"先进"所取代，但他还是看见她了，在速度超常的飞机上，而不是自行加速的单车流景之中。

他没有想到手机会被还回来，还是通过她还回了自己手上。他用家中的固定电话拨打过去，唯独一次接通，他能感受到电话那头缄默之外的气流，绝不是空气流通的声音，而是一种近乎迫切与克制的矛盾。之后，电话没有再拨通过，直到他开门看见她。

他请她进来坐，一边感谢她捡到自己的手机，一边简单寒暄彼此缺席的这些年的人生。她端着茶杯，盯着电视里的电影，目光鲜少落在他身上。家里只有他们两个，与过去不同的是，她倒希望此刻家中能够有他的父母存在，这样也不必处于一种类似煎熬的状态。他们隔着一张茶几的距离，其实伸手可触，但他却像是在等待她拨动扳机主动发射一发子弹，击中他的胸膛。他的视线没有离开她的胸脯，游走于她那条丝绸短袖连衣裙上，庆幸的是，她还没有变成浓妆艳抹的女人，也没有追求任何奢侈名牌，时间好像绕过了她的身体，格外关照着她。

"听我爸妈讲，你要出国了？"他也只能刻意找一些话题，来稀释空间里紧张的气氛。

"啊？没有啊，我自己都不知道。"她的回答让他更加尴尬。

"哦，大概是弄错了，不过，马上要毕业了，你会回来吗？还是……留在你大学的城市？"

"这些事，我自己也说不清楚。"

"不过想想，我们也好久没见面了。两年？"

"对啊，这次巧合说不定是上天可怜我们，特地安排的吧。"

像这样文艺的腔调从她口中说出来并不会让人感觉到违和或

不适，在他的印象中，已经完全将她设定成了爱读书，浸泡在文字世界里的女孩，所以，恰恰是她的这句话，其中的苦涩，容易让人心存怜悯。他就这样走过去，有些突兀地抱住她，她没有挣脱，也不像上一次那样伤感落泪，她很自然地和他接吻，然后被他抱到床上，关门，上锁，拉下窗帘，在昏暗的环境中，感受到他坚挺的一面，她以为他会做出和曾经不一样的选择，但他还是非常谨慎，从学校带回的行李箱里取出一个正方形的锡箔纸袋，熟练地撕开，取出，套上，然后再进入。她双手环着他的脖子，任凭他脊背的汗水湿透她的手心，但是他不知道，那是她的第一次，一抹鲜红落在了床单上。他立马停了下来，身子微微颤抖，她像是习惯了这突如其来的休止符，缓缓地靠着床头坐起来。

　　"对不起……"他抱歉地说。

　　"哦。"她没有回应什么。

　　那一抹鲜红搁在他们中间，非常显眼，他的眼神中暴露着羞耻与狼狈，在她自然的神态下显得更加懦弱。

　　"你是担心会被父母发现吗？还是……"

　　"嗯。"他怯弱地点点头。

　　"好吧，其实你更害怕的是父母的询问，而不是关于我，对不对？"

　　"也不是……"此刻如何解释都显得欲盖弥彰。

夜

　　她似乎不愿意再听他说话，从床下的地板上拾起自己的衣物，扣上内衣后背的扣环，套上连衣裙，对着衣柜旁边的镜子，稍稍整理了一下头发。"那……我走了……"他坐在床角，沉默地点头。

　　关门的那一刹那，他想，或许这是他们最后一次相见了，他看懂了她离开时的眼神，那不是简单的伤心难过，而是沉积多年后的一种放弃，还有一种释然。

　　床单是不可能丢掉的了，母亲对于家中物件了如指掌，但他也知道，这是没办法洗干净的，就像是某种印记，标志着一些关系。

　　他从口袋里取出香烟，用打火机点燃，深深地吸了一口，火光在黑暗中有些刺眼，他将烟火靠近床单，一点一点地，在鲜红的那一部分徘徊，燃烧成糊状的布帛碎片，用手掸掉，那突兀的一个洞，成了最好的借口。

　　他和阿强说过自己矛盾的地方，有时候分不清到底对对方是什么样的感情，到底爱而不得才是爱，又或许据为己有才是爱。对于不同的女人，他总是抱有不同的态度，好比阿静，他可以毫不避讳地与她发生任何事情，但对于陈沐，他始终做不到，仿佛是站在河的两岸，中间并没有通行的桥，此岸繁花似锦，彼岸萧条荒芜。

"大概是意义不同。"阿强喝着啤酒咂嘴道，"很多时候，认知事物的开端被看作是一种启蒙，这种启蒙也常常被我们称为惯有思维或信仰，一般我们不会轻易去否定它，就更谈不上亵渎，但之后再遇到的同质化东西，稍有不同，我们就自动归为事物多样性的范畴，也就是说，后者属于开放的一种，是可以肆意更改的。你说的那个从小到大认识的女孩大概就是你对爱情的一种启蒙，而后再遇见的任何人都与她不同，这样说，不知道算不算解答了你心里一部分的疑惑？"

"那你的意思是，我永远也没有办法与她（陈沐）在一起了？"

"如果你过不了自己那一关，估计只能这样了。"眼看啤酒见底，阿强又问老板要来两瓶。

他回头想阿强的话，兴许有些道理，但他深知，并不是完全不想拥有她的。当宿舍男生谈及自己喜爱的女生，他的大脑中浮现的第一个人一定是她，夜里做梦，虽然也梦见过很多人，但是

夜

大多数情况下，她一定会出现。但当他真正见到她，拥抱她，即将拥有她的时候，内心深处自然而然地会产生一种罪恶感，近乎一种强大的斥力，让他瞬间意兴阑珊。

毕业之后，他去了东边的城市，进入一家外贸公司工作，薪水还算丰厚，除了可以养活自己，还能寄一部分钱回家。听父母讲，她去了离海很近的城市，在一家酒店工作。工作的缘故，他需要常常出差，但他一次也没有因公去过她所在的城市，有一两次他想请假旅游，可真正到网站订机票的那一刻，又作罢了。

是因为她而去吗？还是说，与她无关？
去之后要打招呼吗？还是去之前和她说一声？
她会欢迎自己去吗？还是干脆避而不见？

一系列问题让他困扰，索性取消了假期，继续工作。

直到他遇见叶熙。叶熙比他大三岁，从某种程度上说，叶熙并不符合他择偶的标准（约会过的女孩无一例外都比他小），但他还是被叶熙身上的某种特殊气质所吸引。一开始，他没有对叶熙产生极大的兴趣，等到他们第一次约会，他在叶熙的右腿上看见那个胎记，那个梅花形状的胎记，让他倒吸了一口气。他记得阿静的身上也有，位置不偏不倚也在那里，但是叶熙与阿静明显不是一个人，不管样貌还是性格。

叶熙的表述中找不到任何蛛丝马迹，他也确切地相信只是巧合。可是，那个形状奇特的胎记又说明了什么？他试探性地讲述过阿静的故事，当然省去了陪阿静打胎这件事，但叶熙的脸上并没有任何异样，就像是在听别人的故事一样。她和大多数时候相同，说着，好了好了，我对她们的事情并没有那么感兴趣。

叶熙的工作与他时而有重叠的地方，于是他们能够各取所需，相辅相成，一方面为彼此工作带来便利，另一方面愈加亲密起来。每逢他们约会，他总是尽量不去看她腿上的胎记。有一次，他睡着了，做了一个奇怪的梦，他梦见和阿静很像的女孩，但比阿静要小十多岁，是个真正的女孩，而那个女孩就这样看着他，突然跳进了叶熙的身体里。他醒来的时候，手心被汗水浸湿，他怀疑那个女孩是阿静肚子里的孩子。

他让自己尽可能不要去想这件事，久而久之就会淡忘掉。

叶熙与他成为正式的男女朋友，他也因为叶熙而不断晋升，叶熙像是老天安排在他身边的福星。一开始他也很开心，感觉自己终于找到了一个可以结合的对象，但是很快他就发现，叶熙原来并非单身，而且已经有了丈夫。叶熙常常趁他入睡接一些电话，电话的那头必定是个男人，她的语言很轻，口吻暧昧，直到某次他确切听见"我明天就回来了，爸妈怎么样"的话，心像是用胶布粘贴又用力撕扯一般。

那是一个阴天的下午，因为身体不舒服，他比往常要早下班。上楼的时候，他注意到有个男人一直徘徊在他家门口，起初他以为是找邻居家的人，结果那个男人告诉他，他是专程前来的。那个男人比他要高出一头，身材魁梧，一看就是常年健身的人，恍惚间有点像电影里那些古惑仔头目，他戴着墨镜，告诉他，自己是叶熙的丈夫，希望能够进屋聊一聊。他先是惊愕，同时还是比较担心出现什么问题，便带他去了楼下不远处的咖啡厅。

他不知道对方前来的目的，但既然男人已经报出身份，势必已经知道了他和叶熙的关系，但是他也想先说两句，自己确实不知道叶熙已经有家，否则无论如何也不可能做第三者的。

男人倒是非常坦然，说："我知道你并不知情，其实这也不是第一次了。"

他怀疑自己听错，或者说无法相信男人讲这句话的时候能够平静地使用陈述的语气。"其实我们结婚已经有五年了……而这五年里，我并不能带给她什么。"他突然被男人的这句话震惊，"不能带给她什么"所指的到底是什么呢？像是隐晦而又秘不可宣的词句，却让他顷刻明白了男人平静的道理。

"其实我一直很感谢叶熙，如果不是她，可能我也没有办法继承我父亲的财产，我知道叶熙并不是为了钱，因为她从来没有向我索取过什么，她与我从小一起长大，也是我唯一可以倾吐心事的人……我没有办法……和女人结婚，但是如果我不结婚，我父亲是不会给我一分钱的。当叶熙知道这件事的时候，毅然决然地帮我解决了这个问题。"

"你是说……"他终究没有说出口。

"对，正如你猜测的那样。"他稍稍停了片刻，又讲道，"叶熙之前也和好几个不错的男人来往，我也鼓励她去追求自己的幸福，但是很多次她都拒绝了。有一次我妈在商场撞见她和一个男人走在一起，回家之后和我说了很久，我当然知道，也试图帮她解释，后来她在屋外听到了我们的对话，从那个时候起，她基本就不再与任何男人交往了。"

夜

事情远远超出了他预想的范围，他喝了一口咖啡，试图让自己清醒一点。

"那你今天来找我……"

"叶熙前几天和我说到你，往常她是不会随意在我面前提起别的男人的，但是那天她和我说起你了，她说你是一个不错的人。"男人的眼光非常柔和，好像要把他笼罩起来。他从口袋里抽出一张银行卡，推到他面前，"这个请你收下，也请你继续和叶熙交往。"

他感觉耳根发烫，眼前那张银行卡像是涂满咒语的符咒，又像是带着轻蔑嘲笑的脸庞："抱歉，我没办法……接受……"

"我说真的，总有一天，我父母会退出这掌控的舞台，只是时间问题，叶熙总归要找到一个合适的人，好好地和她过下半辈子，如果你真的也爱她……"男人的声音中带着一些慈悲，这反而让他觉得恶心，他起身，没有准备和对方继续聊下去。

窗外的梧桐树簌簌作响，风剧烈地刮着，他昏昏沉沉地睡了过去，醒来的时候，已经是第二天下午。他没有急着给单位打电话，想以出差为由蒙混过关。他起床倒了一杯凉水，咕噜一口饮下，手机上显示了 10 通未接来电，其中 7 通来自叶熙。他坐在茶几一角，想要回复点什么，但拟定输入的字词又觉得不恰当，到底要怎么去问呢？怎样问才算合适呢？他说不上来，不如作罢。或许是眼神飘忽不定，不知道什么时候专注在了墙上的一个小圆点上，内心顿生一种惊恐，他清楚那是什么样的感觉，因何而来。如果，当然，他并不能确切这种假设，如果事件成立，那叶熙是在欺骗还是付出真情，如果事件不成立，那个男人是否在用一种心理趋向让自己远离叶熙？他感觉到头痛，不想再去思考这件事，他换了短袖短裤，套上前两天刚买的一双 Lacoste 的帆布鞋，冲下了楼，楼下的大妈说，台风快来了，天已经漆黑一片，但是他觉得狭小的空间太过压抑，那就让台风来解决一些问题吧。

"飞机正遇到气流有所颠簸，请各位乘客扣好安全带……"

他从梦中突然醒过来，空姐放在他面前桌板上的餐盒显得有些温馨。这时空姐过来问他是否要添一点饮料，他摇摇头，望着窗外，眼看着浮云层下的蓝色，有种让人神往的宁静。他想，这或许就是她愿意前往海滨城市的原因吧。

他是在 7 月的时候收到她的来信的，洁白的信笺与整齐的字词并没有突兀得像不速之客，反倒是这样的联络方式让他有一种返璞归真的感觉。让他开心的还有一件事，信中除了讲述她这些

夜

年来的一些情况，最主要的是邀请他有空儿前往她的城市，可以再好好与他说说话。他们之间，应该好好聊一聊，这些年，他愈发认为其中存在一些必要性。他渐渐琢磨到一些东西，包括年少时他们相处相爱的方式。他收拾好行李，在叶熙睡醒之前，留下一张纸条。

他想，如果叶熙看到这张纸条，应该回想起他口中提及过的她，但是在众多女性之中，她又并非最起眼的那一个。

他借职务之便，从出差的西北小城市出发，穿越半个中国，抵达她所在的城市。这是第一次，他那么迫切地想要见到她，告诉她，内心真实的想法。飞机终于在傍晚时分降落，取了行李之后，他找到出租车，告诉对方信笺中提到的地址，所到的居所是一栋公寓，他原本想要给她一个惊喜，电梯缓缓上行，行走，行走，寻找着信中所提的门牌号。

就在他要敲门的那一刻，手又悬在了空中。他的手机是这个时候响起来的，他犹豫片刻，还是接通了电话。

"你什么时候回来？"
"我……"

错过的变成故事，没错过的变成未来

"我有事想和你说……"

"你说吧。"

"我大概是怀孕了。"

"……确定了吗？"

"我想等你回来，一起去医院检查，好吗？"

"好……"

挂断电话，他又走到那扇门前，最终叩响了那扇门。一秒，两秒，三秒，心跳与时针完全重合在一起。突然，门开了，但，并不是她。

"你找谁？"穿着围裙的女人疑惑地皱着眉头。

他迟疑了两秒，随即尴尬地笑了笑："不好意思，我敲错门了。"

"哦。"

"对了，陈沐……"

"谁？"

"没……没什么。"

他背过身，缓缓地下楼，好像海水都盈了上来，沙砾在脚掌上摩挲，他拿出那封信，放入了海水。他想，有些话就烂在心里

夜

吧，可能，她也希望这样。至于未能相爱的真相，或许原本就没有什么真相。

　　好多年前，他陪阿静从医院出来的时候，正巧撞见了她。他不知道为什么那个时刻她也会出现在医院附近，她望着他，看着他身边的那个女孩，彼此都没有说话。后来，他并不是真的想要去买什么水，而是跑下去，想要找到她，和她解释点什么。可是，那一次和这一次一样，当他主动想要做点什么的时候，往往再也找不到她了。

查拉图斯特拉的爱欲人生

"内脏彩超正常。"

"核磁共振正常。"

"血压、体温正常。"

"血液、尿检正常。"

报告完毕后，房门嘎吱一声打开又关上，但透过蓝色的隔离帘仍能看到三四个在徘徊争执的人。天花板高如云端，金属仪器像把利刃架在他头顶。大拇指夹着监测线，手背上扎着留置针，一撕开胶布，汗毛也一同被揪扯着疼。

夜

越天好像是听到了乔姐姐的声音，她说，所有责任她担，但其他人不准再踏进这间病房。她的语气蛮横果断，对方柔弱带着哭腔。

最后，四个身影推搡着变成了一个，侧身曼妙起伏，正影圆润富态。乔姐姐拉开隔离帘的那一刻，越天吓得迅速把眼睛闭上。

"你不用装，我知道你醒了。医生说你只是轻微脑震荡，但你怀抱的那个小婊子，被撞得手断脚断。"乔姐姐划着火柴点烟，刚燃上，想起这是医院，又掐灭了扔到垃圾桶里。她嫌屋里味道太重——一股福尔马林和次氯化钠的混合味道，大步走过去把窗子打开，风簌簌地吹进来。

"不用……忙生意吗？"越天轻轻侧了个身，小心翼翼地注视着乔姐姐的神情。

"你都把我的玛莎拉蒂撞成泥了，还有什么心情谈生意？"她手里握着的皮包狠狠压到越天的小腿上，"命还真够硬的，平时可没见过你那么卖力。"

越天忍住疼没叫，哆哆嗦嗦地靠着背，给乔姐姐腾出一个坐的地方。

"那……我不用回老家吧？"

乔姐姐哼哧一笑："樊越天啊樊越天，我替你赔了那么多钱，这就想走？"

越天心里当然是不想走的，他巴不得这辈子就黏上乔姐姐了，他只是没想到自己那么倒霉，才偷腥一次，就东窗事发，并且闯出那么大的事故。他害怕乔姐姐因此而关掉他的书店，把他从46层的双子塔海景公寓房扫地出门。而现在，他又开始兴奋如初了，管那个小婊子是被撞成植物人还是瘫痪，只要不影响他继续过着富裕体面的中产阶级生活，即使乔姐姐把他当成狗一样拴起来，他也会乐得开花。他闻着自己身上这件病号服散发出的臭烘烘的气味，开始怀念衣橱里那穿不完的华伦天奴和范思哲，那些闻上去并没有什么太大差别，价格却通通贵得离谱的香水。

"当初看中你，本来也是觉得你干净老实。你知道我今天有多失望吗？"乔姐姐拎起坤包，用手轻轻拍着越天的脸颊说，"不用跟我说什么保证下次不会，我就当这是保修期内的一次意外故障，要是哪天你真的过期了，我不舍得也要舍得了。"

越天连头也不敢点，干巴巴地看着乔姐姐精致的容颜，每一缕皱纹都好像是被烫平了，谁看得出眼前这个女人已经快50岁了呢？都说女人三十如狼四十如虎，但乔姐姐，是豺狼虎豹身后的洪水猛兽，什么时候大雨如注，什么时候破闸而出，越天是没办法预料的，他需要做的事情就是，用肉身去挡住滔滔洪流。

越天记得乔姐姐第一次带他回家的时候就告诉过他："我不喜欢那些酸腐的知识分子，那些整天泡在健身房里练出来的秀气肌肉也都是假的。我就喜欢你这种从小干农活干出来的一身糙肉，你的脸看上去又那么白皙，你真的太完美了，让我无可挑剔。"

　　乔姐姐是越天在书店打工时候认识的女顾客。他胜任不了收银台的工作，因为他压根儿不会算数；他也没办法当陈列员和服务生，读到初中就辍学了，能认得几个字？他只能当最苦命的搬运工，去物流公司拉货，在仓库清点。但奇怪的是，他天生就喜欢美的东西，在他看来书也是美的，那些装帧设计和文字排版让他有一种视觉上的享受。他明明可以到旁边的中餐馆做勤杂，工资要高出一倍多，可他宁愿少些，也要让自己干干净净，空出来的时间他就可以钻进书店里去旁观沙龙活动，静悄悄地坐着，他不会打瞌睡，但其实也听不大进去，他喜欢看，看现场听众的着装，看主讲人故作风趣的表情。他这一看就看到了乔姐姐，一个几乎每周末都会来泡书店的女人，总会在沙龙现场坐在最后一排却毫不掩饰地爽朗大笑。

　　起初越天并不知道乔姐姐是一个那么有钱的女人，直觉让他感受到乔姐姐身上有一种与众不同的气质。别的顾客买书都是挑挑拣拣最后抱上两三本到收银台结账，而乔姐姐，从走进店里那一刻，就会面带微笑地让店员将这个月最新的生活杂志和文学刊物都给她打包好，当她慢条斯理地穿梭在书架之间时，她的目光也显得柔和平静，惹人怜惜。不过，这一切在踏出书店后立马就会有一种判若云泥的转变——她的随身女秘书低头哈腰为她打开车门，她接起电话后便雷厉风行地在市区里把车开到 70 迈。

　　每一次，越天都站在飘窗上看着乔姐姐完成整套利落的动作，他算准了她什么时候会来，车停在什么位置，手里的咖啡是什么口味，他唯一算不出的是乔姐姐那一天的装束和指甲的颜色。越天有时候会缩在角落里盯着乔姐姐看，猜想她到底从事什么工作。又或许她并没有工作，而是一个被人包养的情妇。如果是个女商人，一定没有闲情雅致自己来挑选书籍，即使买了，又哪里有时间看呢？越天也不知道为什么直接跳过了阔太太这个选项，或许电视剧里演的原配都是黄脸婆，只有情人才美艳绝伦。当然，乔姐姐也称不上是个典型美女，她身材是属于微胖型的，比演杨贵妃的范冰冰还要胖上一圈，但这丝毫也不影响她在庸常大众中赫然出挑。她有种亦正亦邪的妩媚，一颦一蹙间，甚至流露出万种风情。越天实在没办法用一个词去形容她——除了"百面娇娃"。

不过越天不知道的是，自己的一言一行，早就被乔姐姐看在眼里了。越天第一次和乔姐姐接触，是乔姐姐向书店订了200本尼采的《查拉图斯特拉如是说》，店主派越天亲自将书送到马路对面那幢300米高的双子塔大楼。踏进办公室越天才知道，乔姐姐是这家创意园区的女老总——5年前，这里还是一片淤积泥沙的臭水沟和废旧琉璃厂，短短时间内，像是被外星人攻占了一样，仿造广州的红砖厂房和北京798建了个小小的艺术区，后现代的艺术设计和原先的闽南渔村风格交相辉映，在这座小城市算是干了件家喻户晓的大事儿。

越天把书送到大堂，乔姐姐却指了指办公室，让他扛进去。

夜

越天脏兮兮的鞋子踏上乔姐姐办公室名贵的地毯时心里不由得咯噔一下，他听到过太多关于这个创意园区老总的传说——奢侈荒淫、颐指气使、剥削无度……但此刻他的双腿却柔软成了两坨棉花，使不上劲儿来，三面透光的落地窗用一团明亮刺眼的白光将他紧紧包裹。说不上牌子的北欧沙发排成弧形，整个六七十平方米的办公室，那摆书摆在哪儿都嫌空荡。

"坐那儿休息下吧，都热出汗了。"乔姐姐的高跟鞋踏在地毯上悄无声息，越天听到她的说话声，紧张得一直低着头。

"你是不是想问我为什么买这些书？"乔姐姐靠在桌前缓慢挑起百叶窗帘子间的一块缝隙，透过那个孔，看到外头清一色穿西装的员工埋头苦干着，像一盒摆放整齐的黑色巧克力，"我喜欢的东西，他们通通也得喜欢。"那语气的确是桀骜不驯的，如果此刻配上一张十六七岁青春期少女的脸，大家一定会觉得叛逆得可爱，但配上乔姐姐这张成熟风韵的老脸，就显得违和得可怕了。不过，谁也说不准这个女人究竟多大了，她的年纪就和她的私生活一样神秘，那么多人想巴结她投其所好，结果都无功而返，她太叫人琢磨不透，太让人不可思议，就比如当下，她让越天走进了她从不让任何人进入的办公室，那间形同虚设从来没谈论过公事的办公室，所有人路过时总会忍不住偷偷瞥一眼，想象着里面翻云覆雨的秘密，可从来都是一无所获。

"咖啡、果汁还是茶叶？"

"白、白水就好。"越天提了一口气，轻轻坐在那一眼看上去就价格不菲的皮沙发上，他没想过一个送书的举动竟会拖延这么长时间，叫人心神不安。

"还是喝咖啡好了，你会开车的吧，待会儿送我回家，神志要清醒。"乔姐姐没有坐在沙发上，而是靠在了沙发对面那张宽大得像床一样的办公桌上，用俯视的目光打量着越天的全身，不一会儿，一串叮当作响的钥匙突然扑进越天的怀中。

越天本来想说"为什么"，但钥匙落在他手指上时，一阵畏惧的冰凉，他畏惧乔姐姐不容置疑的镇定，一抬眼就不自觉地回避过去了。他真的可以胜任开车这件事情吗？他其实是几个月前才拿到的驾照，因为书店常常要去仓库拉货，他被店长送去培训学了开车，他只开过那辆陈年破旧的小卡车，还有逼仄黑暗的面包车，但他已经觉得这是威风八面了，要放在他们村里，他可以吹一辈子牛了。

那杯浓稠的黑咖啡摆在他面前时，他也未敢拒绝，味蕾像是起了应激反应，浑身僵硬得发麻。乔姐姐说："我知道你会喜欢的，即使现在不喜欢，以后也一定会。"

这句话像是魔咒一样萦绕在樊越天的脑海里。他那天鬼使神差地到车库里替乔姐姐取了车，然后第一次按了敞篷的开关，轮胎飞驰在宽阔的跑道上时，他甚至还弄不清这辆车的牌子，但是管他呢，他说服自己只是在工作——这的确是工作呀，乔姐姐手

夜

里不是还抱着一本《查拉图斯特拉如是说》吗？即使只有一本，他也需要规规矩矩地帮顾客把书送到目的地，可如果是送到家里的话，那就另当别论了。

　　如果没有当初那一次送货的话，他们还会开始这段恋情吗？

　　樊越天说不清楚自己内心的真实想法，或许他明白得很，却怎么也没有勇气说，只是，即使难以启齿，他切切实实已经这么做了。他还记得他们第一次做爱时那张床的形状、颜色和柔软程度，是真的做爱，而不是机械的性交。在他看来，"做爱"这个词可比性交高级多了，他从来没有觉得做爱是件那么高级而幸福的事情——那只果冻一样带有气泡点点的安全套裹在他的阴茎上时，他完全沉沦其中，床单是香的、灯光是香的、身上流下的汗液是香的，就连乔姐姐垂垂老矣的两只乳房，都香得那么迷人。那晃眼的中产阶级趣味就那么不费吹灰之力地将他驯服了，从此他成了一具漂亮的肉体雕塑，米开朗琪罗亲手雕刻的健美大卫一般，只是，越天不属于大众，不在美术馆展出，只供乔姐姐独享。他流连于那些阔太太轮流举办的私人沙龙，每个富有的女人都一定会配有一个出色的情人，就像每个男人都把自己的豪车当作情妇来供养一样。穿上燕尾服，梳起大背头，再加上一口并不流利的普通话，樊越天简直像是海外归国的公子哥。还记得《泰坦尼克号》里的杰克·道森吗？乔姐姐提醒说："你的魅力浑然天成，来，轻轻搭着我的手，他们没一个比得上你，昂然抬起头。"他的确扎眼得很，当那群漂亮的男宠都热衷于显露自己吃着蛋白粉催出来的肌肉，或是毫无愧色地谈论闺房中的性爱技巧时，樊越天的沉默寡言和格格不入显得太迷人。他很快就吸引到了那些见惯大场面的阔太太的目光，有人盯着他并不膨胀的胸肌，有人盯着他并不结实的双臂，有人盯着他的脸，有人盯着他的屁股……他快要被那些眼神扎得喘不过气了，可他就这么羞赧一笑，又惹得这些阔太太颤得醉眼迷离。

在床上，乔姐姐止不住地夸赞他："那感觉真好啊，人人都羡慕我嫉妒我，她们眼红，却怎么也得不到。"乔姐姐像宠溺儿子一样宠溺着樊越天，带着他飞世界各地，走巴黎香榭丽舍大街，走米兰的蒙提拿破仑大道，去纽约，去东京，去樊越天随手在地图上指出的一个地方。她把房间的地毯换成一张硕大无比的世界地图，他们就在这地图上接吻、翻滚，他们发明了一种游戏，每一次做爱结束身体下方对应的城市，就是第二天要飞往的地方。

起初樊越天也会害怕，怕哪一天乔姐姐厌倦了他，迷恋上了其他新鲜多汁的肉体，他便被扫地出门。他送完货那天就和书店老板辞了职，再想回去找一份称心如意的工作，也并不是那么容易的。他每一次在高空飞行，坐在头等舱的沙发椅上，都忍不住要叫空姐为他添酒，那种劣质的红酒下肚灼烧，不一会儿就头昏脑涨，他不知从什么时候开始竟享受起这种醉生梦死的感觉，他

夜

宁可自己是在最爽快的时候坠机身亡，也不想哪一天被乔姐姐打包送走身无分文地在街上流浪。因此他多么想此刻还能抽上一支烟啊，他记得自己在一个小说里看过，一对情侣在摩天轮里做爱，缓慢地旋转，激烈地反抗，那种感觉真刺激，他也想和乔姐姐在飞机的后舱做爱，和机尾一起颤动，和气流一道颠簸……

但每一次，他们都幸运地没有发生空难。樊越天赤身裸体地躺在那张世界地图上，乔姐姐在浴室里洗澡，蓬勃的蒸汽顺着半开的房门鱼贯而入，樊越天吃力地爬起来，将整个身体贴在那面透明的落地窗上。

"我想开一家书店。"

这是樊越天第一次向乔姐姐提出什么要求。乔姐姐关掉吹风机，把湿漉漉的头发打散在肩上。

"买下你原先工作的那家？"

樊越天摇了摇头："要靠海，书店的墙壁凿成落地窗，要明亮。"

"我从来不做赔本的生意。"

"我会更用心爱你的。"

"可我并不需要你爱我呀。"乔姐姐冷静地笑了笑，继续打开吹风机，呼呼嘈杂的声音搅得越天心烦。他贴在玻璃窗上的身体突然感到一丝莫名的寒意，外面起了薄薄一层雾气，他用手涂抹却抹不掉，他就这样被浸在了其中，隔着什么说不清道不明的东西。

那天做爱，越天毫不投入地做了几分钟就结束了。他故意把精液射在地图上，射在遥远的希腊。但事后他开始后悔，他害怕自己任性的举动反而加剧了乔姐姐的厌烦，于是他纠缠似的抱住了乔姐姐丰腴的腰肢，轻轻摩挲着，想借此消弭彼此间的龃龉。但乔姐姐三两下拨开了越天的手指，利索地穿上那件弥漫着血腥味的貂皮大衣。

"我要去北京谈生意。"

整整一周，樊越天都不敢出门。他害怕乔姐姐突然出差回来，飞奔到家中却看不到自己的身影。他每天醒来都会把浑身上下洗得干净清爽，把腋毛和阴毛都修剃齐整，乔姐姐最讨厌杂乱无章的秩序，他沉醉于往身上喷洒乔姐姐最爱闻的大卫杜夫香水，摊开一本认读复杂的文学书，一字一句去念——多么催人入眠啊，此刻他宁可看一部惊险刺激的好莱坞电影，甚至不用动脑，眼球随着屏幕转动就可以完成一次愉快的体验。他也不知道自己为什么要选择阅读，他更搞不懂为什么像乔姐姐这样的女人还需要读书呢？况且，还是手上这本繁缛复杂铺陈啰唆的《包法利夫人》。

那是第一次，樊越天把自己和古诗中的闺阁怨妇联系在了一起。那首初中时就教的词：过尽千帆皆不是，斜晖脉脉水悠悠，肠断白蘋洲。他把怨气都积攒起来发泄在了为他清扫做饭的钟点工身上。他虎视眈眈地盯着她肥胖的腰身，眼珠子里像长了针又像有数十把利刃，恨不得扎过去流出一肚子肥油。他怨怼她做的饭菜食之无味，怨怼她清扫房间拖沓缓慢，怨怼她长相浮夸不精致，怨怼她的脖子上长了一颗痣……他躺在那张硕大、柔软的床上，看着天花板的白玉兰吊灯，真的是无所事事到了极致。他快憋出病来了，他不想让自己闲下来，他甚至失眠睡不着，于是整夜整夜地自慰。一整张世界地图都是他率领千军万马横扫的痕迹，他虚弱地睡着了，梦乡之中，比现实更要恐惧。

　　忘了是哪一个日夜，他浑身虚汗，浸湿了床罩，窗外寒气咄咄逼人，他把窗户开了一个小缝，寒气幽幽潜入，使得整个屋子阴冷不堪。乔姐姐用热毛巾替他擦了背，把脸抹净。他感受到身后耸立着一对丰满的乳房，他从梦中醒来，喉干，囫囵灌下去一杯水，趴在乔姐姐的肩上，像是一头栽进母亲怀中的婴孩。"你回来了？"所有男人，懦弱时，都像是尚未长大的孩童一般。

　　樊越天几乎是带着哭腔地说："我什么都不要，只要你，只要你"，他粗鲁地亲吻着乔姐姐的厚唇，胡楂儿轻轻滑过她身体上的每一寸肌肤，又疼又痒又性感。乔姐姐摸出一把钥匙把手臂举得高高的，樊越天像训练有素的猎犬，扑腾上去一口叼下。

　　"做完才准去看。"乔姐姐把腿挂在越天的肩上，笑起来，露出深深的酒窝。

　　那算是美的吗？在樊越天眼里，乔姐姐的一切都是美的，下巴、朱唇、眉角……美得让他沉沦。

　　那一次做爱，好像又回到了他们第一次时那样惊险刺激。越天故作神秘地探入、翻转，他们在世界地图上飘荡，太平洋的洪流将他们席卷入海浪的深处，珊瑚礁壁垒、舒张的软体动物、黏稠蓬松的水藻……乔姐姐的两条腿像贝壳一样死死地把越天夹住，他快喘不过气来了，他充满着窒息的快感，一阵潮水涌过，他得到了重生的释放。

　　如他所愿，那间漂亮的复式结构书店，开在了租金最昂贵的鹭江道上，正对着游客繁多的鼓浪屿，左边是亚洲最大的星巴克分店，右边是遍布全球的渣打银行。他开始投入地指挥起整间店铺的装潢摆设，他和乔姐姐飞往瑞典亲自挑选书柜沙发，他去巴西从种类繁多的咖啡豆中翻出最契合书店气质的那一种，他还亲自操刀设计了一个不伦不类的徽章——"乔"字的变形。

　　一时间，他成了风头最盛的人，没人知道他的来历出身，没人知道他曾经在其他书店做搬运工的经历——即使是前同事和店长，也惊讶地认为他从前只是深藏不露，卧薪尝胆。

　　书店开张那天，他寂寞地坐在室外的咖啡吧台抽着烟，客人倒是络绎不绝，只可惜真正会掏出钱包来买上一二的少之又少。每天，那些中午下了班的白领都会拎着盒饭走进书店里来瞄一眼，

夜

偶尔发问，也只是顺带提了句，有没有新出炉的《VOGUE》或者《ELLE》，这时候，越天都会抢在店员前面毫不客气地回应："左手报刊亭许多傻瓜在排队。"那些扑着厚厚粉底的白领撇着嘴一声不吭地走掉，从此再也不会回来了。逞完口舌之快的越天，并不介意这家书店会恶名远扬，反而兴致勃勃地观察着那些过路人的反应。他觉得全世界的书店都应该这样蛮不讲理，隐约间他好像记起了乔姐姐颇为流氓的理论——我喜欢的东西，他们通通也得喜欢。反之则是，我不喜欢的东西，其他人也不可以喜欢。

这样享受着权力顶峰的错觉，是倚靠每个月十几万的租金和几百万装修费用摆起来的，既然不在乎收益，那又何须在乎别人想要什么呢？越天把那本定情之书《查拉图斯特拉如是说》搭成通天塔的形状，码在柜台前，仓库里也满满都是。乔姐姐偶尔过来，他们就抽出一本走到仓库里做爱。屁股下垫的是尼采，头顶望着黑格尔。那间仓库简直是惊险刺激的做爱圣地，没有人会想象得出，为什么仓库里那株圣女果总是在他们出来时少掉一颗，是献给了上帝，还是献给了身体？

事实上，从书店开业那天起，越天早就不满足于只拥有乔姐姐的身体了——他不知道哪里来的自信，把这种拥有和附属的关系颠倒对调，他开始渴望新鲜的肉体，是的，就像按照他的想法随心所欲地来打造这间书店一样，他开着乔姐姐的玛莎拉蒂，身旁坐着一个尚不知名字的年轻女孩，一个小时之前，他们素未谋面，而现在，他们就要进行一场灵与肉的结合冒险——平庸的生活多么需要这样惊险刺激的冒险啊，他刚刚希望会有点儿不一样的故事发生，开着100迈超速飞驰在环岛路上时，就接到了一通意料不到的电话，一按开免提就是：爸爸爸爸爸爸，妈妈带我来找你了。

然后，他迟缓的这几秒，就这么完美地撞上了防护栏，一声剧烈的爆破，眼前一片漆黑。

现在，他安然无恙地躺在医院的病床上，离他不远的病房里，那个戴着氧气面罩正在加急救护的女孩，他甚至想不起她的名字，想不起她的面孔，她很美吗，是有非同小可的酥胸，或是千回百转曲曲折折的身体？他现在对此提不起任何兴致了，他亢奋地回想着刚刚乔姐姐在病房里说过的那些话，是不是意味着，她会当作这件事情从来没有发生过？此后他只是少了驾驶跑车的乐趣，或许下一次还要偷情得更加小心翼翼，而别的，那些享用不完的爱的情欲，都一如既往地丰盛而无穷无尽。

他实在受不了这家医院里那股难闻的气味了，窄小的硬邦邦的铁床，逼仄的压迫神经的天花板，还有那滴答滴答流淌的吊瓶，就连他一向喜欢的蓝色，在这个空间里都显得那么令人厌恶，忧郁、伤感通通变成了枯竭、烦躁。他擅做主张地拔掉留置针，换

夜

了一身干净漂亮的白衬衫，他想念他的书店，他跑出住院大楼，跳上了随手拦下的出租车迫不及待地飞奔而去，他忘记了自己身无分文，他把车窗开得很低，空气是那么舒服，海风吹得他醉眼迷离。一望无际的蓝不再让他觉得压抑，而是无限开阔。但不久，他的眼睛开始失焦，他的胸腔开始喘不上气，他的内脏开始逐个儿爆破，他呵斥司机把车停在书店门前，他本想招呼店员让他们排排站立迎接自己的视察，然而一打开车门，一对散发着恶臭的、衣衫褴褛的母子立马冲上来揪扯着他的上衣……他捂着鼻子，嘶吼着想让他们走开，他脚上那双从意大利带回来的卡斯诺皮鞋才穿了不到三次，他千万不能碰到这对母子肮脏的衣摆。他怒气冲冲地推开他们，但一对视，他所有凶狠的言语却都不得不收敛起来了。

"爸爸爸爸……"他已经有好几年没听到儿子这么叫自己了。他本想装作不认识，但儿子稚气的叫声让他动了情。其实不久前，前妻就打电话过来和他讨要儿子的学费了。儿子今年刚好要上小学一年级了，老家实在是拿不出钱。

越天倒是想偷偷给他们汇过去一些钱打发打发，可信用卡所有的支出信息，都会分文不差地发送到乔姐姐的手机。他也曾和乔姐姐坦白过，自己在乡下，十七八岁按照习俗就娶了亲，生了个娃，后来到了外面打工，彼此就签了离婚协议，事实上也并没有真正登记过结婚。他想为这个儿子付一笔钱，此后就再无瓜葛了。但乔姐姐只有一句话："我并没有义务帮你养儿子，如果你真要回去养儿子，我也不会拦着你。"

他冷漠地不再接听家乡打来的任何电话，可没想到他们竟然如此锲而不舍，甚至跑到了书店来——越天驱逐他们，费力地把这对母子推开，呵责道："讨饭到别的地方去，不要来这里。"

他快步走进书店，让店员拦住他们。可那对母子像疯了一样，不要命地冲过去咬住越天的腿，咬住那件昂贵的、从英国定制的西裤。

越天坐在地上，抬头看到不远处乔姐姐的座驾正朝这里开来，用他并不怎么好的视力对了一遍车牌号码，他立马颤抖着转变了态度。他刚刚因为一个不记得名字的小婊子而惹恼了乔姐姐，他再也不要因为这对母子而让乔姐姐生气。他坐起来，猛地甩开他俩的脑袋，可他俩一动不动。车子越来越近，越来越多的人在围观，越天满头大汗，他听见一声鸣笛，然后像是接收到什么讯号似的，伸出手来掐住儿子的脖颈，那两个无辜的眼珠子都快被掐出来了，可越天还是不肯松手，使尽全身最后一股力气，颤抖地掐过去……

"爸爸爸爸……"

那幽灵一般的声音吓得樊越天不敢睁开眼。有人将隔离帘一拉而开，他听见乔姐姐不断致歉的声音："都怨我，不该挑这个时

夜

候定那么几百本书。"店长抢过话:"要是在出发前能检查一下车子就好了。幸亏没什么大碍……"

一个尖厉刻薄的声音突然传出来:"这还叫没什么事儿!俺男人都已经躺在这里了,插了那么多管子,叫都叫不醒,你们得拿多少钱来赔我们哟……"说完使劲儿拍了一下小男孩的后脑勺,小男孩哇哇哇地啼哭着:"爸爸爸爸爸爸……"

樊越天紧紧闭上眼,他真后悔自己没有在最快乐的时候坠机身亡——尽管他这辈子都还没真正乘坐过一次飞机。

周玲珑的行李箱

文 / 张躲躲

　　周玲珑常觉得，自己的人生可以分为两段：认识任绍之前，认识任绍之后。

　　认识任绍之前，周玲珑是名牌高校的学霸、热门专业的研究生，跟她学校里的所有天之骄子一样，积极申请美国常春藤大学的奖学金，准备去那边读个博士然后就扎根在大洋彼岸。她甚至已经买好了一只非常结实的行李箱，想着出国之后必定会遭遇无数坎坷颠簸，有一只好的箱子才能让异国他乡的心不那么疲惫脆弱。

　　认识任绍之后，她的计划转弯了，她觉得"现世安好"这句话不错，何必将大好年华都用来背英语单词写无聊的论文，24岁的初恋来得有些迟了，但是上帝之手在她这迟到的初恋里布了一盘好棋，她下得乐此不疲——她一直觉得恋爱跟下棋一样，要棋逢对手才有意思。她这围棋社公认的"棋后"多年来在一群不懂风情的理工男中间独孤求败，任绍就是她梦寐以求的"棋王"。

那时候任绍刚刚从美国留学回来，在父母的安排下进了大牌国企做中层管理。这不过是安身立命的第一步，经理的名片刚刚印好，任绍自己运营的小公司已经注册成立。具体拉到多少投资，周玲珑不清楚，在她的家教体系当中没有追问人家财产这一项。她只记得初遇那天一袭白衣的任绍在敞篷宝马里冲她挥手，笑着说："附近有家斯诺克俱乐部环境非常好，我们去玩一局？"周玲珑是典型的理工女，讲求实际思维简单，从来不醉心于意淫高干子弟的言情小说，但是那次初见、那句开场白，着实让她陶醉了好一阵子。

没有追求与被追求的过程，几乎是一球定乾坤。那场斯诺克战况如何，周玲珑已经完全没了印象，她只记得自己一直在笑，不停地笑。任绍说什么，她都觉得很有趣，笑意流淌在眼角眉梢，连任绍都忍不住说："傻丫头，一整晚都笑个不停，我脸上有脏东西？"周玲珑笑说："不不不，就是觉得你很有趣。"

对于从小到大都在学习的周玲珑来说，任绍当然有趣。他高中毕业被爸妈送去美国，说是读书，不如说是"散养"。他就读的是美国中部一所大学，但是他从东玩到西，四年下来，学校的门往哪边开都不能确定。即便如此，他还是顺利拿到毕业证，因为他英语进步快，又特别能胡说八道，每次考试，他都长篇大论在试卷上畅言国际局势和中美两国友谊，善良的美国教授都不忍心刁难这个一心要做两国友好往来大使的年轻人——这个年轻人，为了促进中国睦邻友好合作，光女朋友都换了一个韩国人、一个日本人、两个美国人，据说还有一个南非妞，几乎要编成国际纵队。

"外交部不要我那是他们的损失，早晚有一天他们会做出深刻检讨。"任绍那高八度的京腔格外铿锵有力，周玲珑自己也不明白，明明知道他是满嘴跑火车在赢得她的好感，她怎么就自觉自愿地上了钩。很多年后，有人质疑周玲珑是被任绍的家境蒙蔽了心智才死心塌地要赖在他家，周玲珑矢口否认说："绝对不是，我只是觉得他有趣。"

恋爱最甜蜜的日子，周玲珑跟着任绍吃遍了皇城根，游遍了北京城。她感到惊奇，自己生活了近七年的城市，怎么无缘无故冒出那么多她没吃过的东西、没到过的地方、没见过的人。明明是破旧无比的老胡同，里面竟藏着限量供应、只有圈内人士才拿得到入场券的私家菜。而所谓的"七星酒店"里头，周玲珑第一

夜

次为自己的学生妹装扮自惭形秽，无论心里再怎么高呼"我是天之骄女"，衣香鬓影的奢华还是轻而易举击败了心头的那份虚荣。以前她从不相信"二十几岁决定女人的一生"这类的鬼话，跟任绍出席了一次他的朋友圈晚宴之后，周玲珑捧了十几本类似的书回寝室。几乎是第一次，她窥探到"托福英语题库"之外还有那样辽阔的世界等待她去探索。

周玲珑更想象不到的是，任绍的妈妈、周玲珑的准婆婆把这一切都看在眼里。自家人晚饭时间，准婆婆问任绍："这姑娘你觉得还行吗？"

任绍说："还行吧，挺老实，没提过什么要求，看个电影吃个烤串就挺满足。"

准婆婆心满意足地放下碗筷说："当初让李校长满学校找年纪合适的姑娘，推荐了五六个我都没看上。就这个瞧着还顺眼，生辰八字跟你也还匹配。人是笨了点儿，土了点儿，但是还算本分，这就够了。你刚回来，百废待兴，工作的事儿公司的事儿够你忙的，千万不能找个多嘴多舌的女朋友指手画脚。"

任绍回答："您说得是。"

周玲珑名实不符，爸妈给取了这个名字，希望她做个八面玲珑的姑娘，可惜她会错了意。学习上倒真是把好手，小学中学大学一路走来从不负众望，但是人情世故上每每显得不灵光，听不懂弦外之音，更不会争名夺利，这一点究竟是害了她，还是帮了她，她很多年都没想明白。

第一次见准公婆是在他们新买的郊外别墅里，庭院深深深几许，周玲珑第一次进去，小桥流水的诗意并没有给她格外的惊喜，反倒是三绕五绕，觉得晕。这"晕"更加重了她的"呆萌"，准婆婆觉得这姑娘算得上老实人，心里也就认下了这门亲事。她家有她一个女强人就足够，下一代的少奶奶只要贤良淑德操持家务即可。所以她说："小周啊，随便参观，不要客气。你们的婚房在二楼，我已经让人收拾出来。你看看有什么不满意，直接提出来。"然后又补充，"你爸爸妈妈有时间的话可以过来住，反正房子够多。我工作忙，你生孩子什么的可能照顾不到你，需要你父母来。"

就这么嫁了？周玲珑有点儿不敢相信。转头看看任绍，他并没有看她，只是很恭敬地跟在他妈妈身后转。她不知道婆婆大人这话怎么接，所以用眼光急切地寻求任绍的帮助。还好他们有默契，任绍在适当的时刻跟她对视，然后笑着说："高兴得傻掉了？还不谢谢妈？"

周玲珑总觉得有哪里不对，可一时又想不透哪里不对，也只得木头木脑地说："谢谢妈。"

订婚前，周玲珑的父母从遥远的故乡来到北京，拉着周玲珑的手说："玲珑啊，这家的经济条件自然是好的，但是妈妈担心你

夜

受气。我的女儿虽然不是金窝银窝下的蛋，却也是爸妈手掌心里捧大的，遇到了这样的婆家，别人都说你麻雀变凤凰进了豪门，爸妈只担心你再也不能像在家时那么轻松自在，过简单的日子。"

亲妈一句话点醒梦中人，周玲珑突然回过神来，明白了那些萦绕在她脑海里挥之不去的"不对"是什么，那是她一直坚持追求并引以为傲的——独立。自从跟任绍在一起，她得到了不少快乐，这不是骗人的，但也在不知不觉中放弃了做决定的权利。去哪里吃饭，去哪里约会，什么时间见公婆，这些都不由她决定。直到后来她投简历找工作，婆婆也只是轻描淡写地说："找什么工作呀，就凭你，能找到什么工作呀。简历给我，我帮你联系。"

没过几天，在其他同学还在赶场一样参加招聘会，接受一轮一轮面试的时候，周玲珑在国企的工作就稳稳落定了。不消问，大家梦寐以求的北京户口也轻松到手。

周玲珑正式搬出寝室去跟任绍同居的前一天，室友约她一起吃饭，不无羡慕地说："以后要喊你周贵妇了，苟富贵，勿相忘，以后姐们儿要是混不好，你可得念旧情多接济！"

周玲珑撕她的嘴："你胡扯什么！美国名牌大学的奖学金等着你，你才是前途无量！"

室友感慨："怕的不就是无量嘛。年薪要算，房租要算，一切都需要量化的今天，最恐怖的就是无量。你别看大家嘴上不说，实际上都羡慕你不用奋斗就拥有一切，包括我。"

　　周玲珑不甘示弱："我怎么没奋斗？我不奋斗我怎么考得上名牌大学？"

　　室友略有醉意："好了，你无须再奋斗，也算是有个好八字。"

　　直到那时周玲珑才从室友口中得知，跟她同一级不同院系的一个女生就曾经被任绍的妈妈接见过，最终因为生肖跟任绍相克而八字又非常不合，毫无余地地 pass 了。周玲珑平生第一次庆幸自己生对了时辰，也平生第一次恐惧未来的婆婆。

　　考虑到婆婆大人的影响和领导层整顿腐败的决心，任绍和周玲珑的婚礼选择了低调奢华。遗憾的是，周玲珑最贴心的闺蜜也没有到现场观摩婚礼的机会，只能通过后来周玲珑发布的照片来感受气氛。除了周玲珑远道而来的父母，所有参加婚礼的都是男方亲友、她婆婆邀请的官场要员以及有生意往来的朋友。新娘是这个大家族的新玩具，有必要向大家展示她的体面和顺从。大家都觉得香港运来的婚纱让原本微胖的周玲珑看起来苗条了不少，只有她自己知道，她饿了一个月的肚子才减下去 8 公斤。但是她婆婆说："太瘦了不好，难生养。"

　　婚后的周玲珑搬去别墅住，所有的家当就是原本买来准备出国的那只行李箱。挑挑拣拣，学生时代的衣服完全不能再穿，只能捐赠或者丢弃。按任绍的意思，那只箱子没牌子不值几个钱，干脆一起丢掉。周玲珑想了想，终究还是把最有价值的几本专业

夜

书以及各色证件锁进了箱子，搬进了新家。

第一次冲突是因为工作。周玲珑在办公室跟顶头上司因为某件具体事宜发生了争执。她直言不讳，找出上司在操作过程中出现的错误据理力争，她对自己专业方面的掌控信心满满。可是第二天更上一级的领导就点名找她谈话。

"家里挺好吧？"这是大 boss 的开场白。周玲珑想了半天才明白，他问的是她婆家。然而她并不明白工作时间扯这些有什么用。领导继续说："你婆婆是我的老领导，我跟过她好几年，相信她的眼光。你是名校出来的人才，是我们这里最缺乏的。但是人才也需要职场磨炼，你要懂得，职场里除了需要专业技能，还需要跟人交往的技能。"

这话绵里藏针，周玲珑臊得满面通红。以她受的教育来理解，大 boss 是在委婉地提醒她：第一，她是凭她婆婆的面子才得到这份工作；第二，她在人际交往方面太过低能。跟所有初入社会的年轻人一样，并不玲珑的周姑娘犯了凡事较真认死理的错误，她对大 boss 说："我说话的方式可能欠妥，但是领导有错在先，我总不能睁一只眼闭一只眼，看他就那么错下去。"

这句话很快就原原本本传到了周玲珑的婆婆耳朵里。婆婆先前只觉得这儿媳妇有点儿笨，没想到她笨到这种程度，刚入职场就自以为是是小，丢了她的脸面才是大。虽然说不上家法伺候，但找周玲珑语重心长地谈一谈是在所难免的。

周玲珑把事情的来龙去脉说清楚。婆婆眼皮一沉："领导有什么错？领导永远都对。你连这点儿轻重都拎不清，这么多年的书算是白念了。"

周玲珑越战越勇："我的校训是自强不息厚德载物，坚持对的指正错的，社会才能朝着更好的方向发展。"

婆婆冷笑："你什么时候能放下名牌大学的架子，什么时候才算真正懂事。社会跟你有什么相干，能把日子过好就不错了。是看了我的面子，才让你进了好的部门有了好的差事。换了别人，没几年端茶倒水的经历能跟领导说上话吗？少奶奶，你别天真了。"

周玲珑还想为自己辩解，婆婆已经没了耐心："你要还是不服气，就按照你的方式去办事，不过你要想好，出了什么麻烦，我不一定能够帮到你。"

周玲珑最不怕激将法，她开始较劲。她相信是金子永远能发光，事实会证明她是对的。

然而事实并没有给她证明的机会，她工作的部门主要负责合同的起草拟定工作。大大小小的工作来了不少，领导一直不用她。其他人都忙得人仰马翻，她只能在一旁喝茶。即使她主动伸手去帮忙，也以"你是半路来的不好插手"为由被委婉拒绝。周玲珑幡然醒悟自己被供进了冷庙，原本还算亲近的上司再也不为她

夜

烧香。

日子一久，周玲珑有些熬不住，想换部门。她跟任绍诉苦，任绍说她身在福中不知福，让她跟婆婆说几句好话。"别瞎折腾了，妈也是为你好。你这性子不适合混职场，有个闲差拿工资就行啦。"

周玲珑被任绍的反应激怒："我嫁给你不是为了当花瓶摆着的！"

任绍放下手机游戏瞥了她一眼："我要是想找花瓶，也不会找你了。"

周玲珑第一次失眠，她开始痛恨自己自裁羽翼，放弃了整片蓝天。她忙了几天写了调职申请，想到更能体现个人价值的部门去。可是调职申请才写好，还没来得及往上交，她就发现自己怀孕了。

怀孕让周玲珑岌岌可危的地位突然得到了强有力的扶持。办公室领导对她又和蔼可亲了，婆婆自然也多了几分笑脸。头三个月有先兆流产的迹象，周玲珑连病假条都没有一张，竟然就那么在家里吃吃睡睡躺了几十天，没有一个人追问她工作的事，只有关于她强硬后台的传言广泛流传。

远在美国打拼的闺蜜打趣她："怎么样，你还闹不闹了？体会到特权阶级的优越性了吧？"

周玲珑还想辩解，可是张开嘴，底气先不足了，想来想去也只说得出一句："我这还不是为了孩子？"

可惜孩子还是没能成为最终的保护伞，性别决定了未来是否母以子贵。周玲珑生了个女孩。

"就她？生丫头的命！"婆婆第一时间知道孩子的性别，两天后母女出院时才得空儿去见她们。而任绍有一单紧急的生意要谈，在周玲珑生产前一天飞去上海，几天后才回来。

周玲珑的妈妈从老家赶来伺候月子，把这一切都看在眼里，禁不住叹气："女儿啊，以后要是受气，就回家。妈妈照顾你们娘儿俩。"

妈妈这一句，让周玲珑疼得直哆嗦，比顺产还疼。

小女婴刚生下来并不好看，头发稀少，引不起家人的垂怜。直到满月时她才变得水嫩嫩的，睁开大眼睛水汪汪地看世界，婆家人才蜂拥过来欣喜地喊："像任绍！像任绍！"那顿满月酒自然又是无限风光。

从此，周玲珑的生活重心就转移到那个没有父亲迎接的女儿身上，不是在哄孩子睡觉，就是在带孩子看病，这二十几年积攒的智慧全部用在了育儿上。工作什么的，完全没有心思去想。产假结束后，婆婆帮她调到更轻松的行政部门，每天打印文件看报纸，因为单位离家不远，她还能时不时回家喂孩子。

夜

看似一切都好。只是，周玲珑不敢再上网跟同学聊天，也不敢看微博、朋友圈。昔日的同学们在美国或者在日本，每天扎在图书馆里写论文，住在拥挤的留学生公寓里，为一顿简单的中餐欢呼雀跃。有人在哈佛拿了学位，有人在早稻田当助教，有人拿到绿卡……这一切周玲珑都假装不知道。她有女儿，越长越漂亮，就足够。

朋友们也安慰她："我们打拼得苦哇，连孩子都没时间生！看你多幸福，豪宅名车里养孩子，连奶粉都是最好的进口货。"

周玲珑只是笑。只有她知道那豪宅别墅有别样光景。郊外别墅毕竟远离市区，上班不方便，任绍在市中心租住了一套高级公寓。直到那时周玲珑才知道，她老公名下没有任何财产，豪宅名车都是婆婆的。至于任绍创业开的公司，那更是一个夸张的说法，那不过是有人为了巴结他妈，在公司里给了他一个高管的头衔，让他白领一份俸禄罢了。她和任绍的工资加起来数目可观，但是支付了各种日常开销吃喝玩乐费用之后所剩无几。难怪有时她婆婆会揶揄："你们年纪轻，不知道这社会的深浅，挣点儿钱能养活自己就不错啦，其他的事慢慢来。"

任绍依旧有趣，依旧有本事逗周玲珑笑。只是这时周玲珑的笑中有了忧患，她不知道这随波逐流的日子能有多少希望。

搬家那天，周玲珑又看到了自己的那只行李箱。她已经拥有不少名牌的包包袋袋，这只学生时代买的行李箱显得丑陋笨拙不够档次。但是她依然把它拎进了新公寓。她想，待孩子大一些，她还是要再次出发的。

女儿 3 岁那年，周玲珑的一个发小到北京开了家画廊。周玲珑第一次去参观就喜欢上了那家集工作室和展厅于一体的画廊，装修前卫，环境舒适，虽然她不太懂画，但是相信那是一处很赏心悦目的所在，有盈利空间。于是周玲珑跟任绍商量，入股。

任绍在玩手机游戏，眼皮都没抬，直接说："胡扯。你别净想些没用的。"

"怎么是胡扯呢？我觉得可行。"

"那点儿小钱还不够折腾的。北京有多少艺术家、多少画廊、咖啡馆，你知道吗？你知道行情吗？你懂开店做生意吗？这个朋友跟你多少年没联系了，突然就跑来北京做生意还拉你入股，你不觉得是别有用心吗？谁做生意大把捞钱会上杆子来找你？"任绍依旧在打游戏。

"不试试怎么知道不行？"周玲珑懒得跟他辩，拎包出了家门去见那位朋友，谈具体合作的事。

周玲珑出门总共不到三小时，因为她惦记着家里的女儿。可是回到家一看，女儿被送去了爷爷奶奶家，任绍还在沙发上玩手机游戏，身边扔着好多零食包装袋、水果皮。女儿换下来的衣服就随手丢在床上，一只鞋子也在床上。周玲珑突然就冒起一股无

夜

名火，一把抢过他的手机丢到一边，大喊："你除了玩就不能做点儿事儿吗？没有自己的事业，家务事又完全不管，两个小时你都不能带带孩子，你怎么懒成这样？"

任绍被这突如其来的怒火烧得莫名其妙，不过很快就反唇相讥："你这事业还没谈成呢就开始对我大呼小叫了？你少奶奶当得舒坦，知道在外面做事儿有多难吗？你心血来潮说开店就开店，我看你是钱多了烧的。妈早说了，你脑子不够，不适合在外面闯，把家里的事料理好就可以了，赚钱不用你操心！"

"你妈凭什么说我脑子不够？她以为她能一手遮天吗？你就是太迷信你妈才会一事无成。工作是你妈找的，公司是你妈开的，你有什么？你什么都没有！你就是个游手好闲的二世祖！"

周玲珑说完就冲出家门，喘着粗气在小区里逛了好几圈。当她发现自己钱包、手机、钥匙都没带的时候，已经是晚上。而她回家敲门，任绍已经不在家了。

"就凭你，还跟我儿子吵架？这日子你要是想过，就安安稳稳在家过；要实在想折腾，就到外面去折腾，没人拦着你。"这是周玲珑的婆婆送给周玲珑的第一句话。

那个晚上，周玲珑和婆婆在书房里聊到半夜，具体聊了什么，怎么聊的，不得而知。反正有两个版本流传出来。依照周玲珑的说法，婆婆官场打拼 30 年见多识广，一番讲解让她明白女人创事业有多不容易，所以才劝她不要异想天开。另外，她还需要考虑孩子的教育问题。周玲珑所在的单位有北京市最棒的幼儿园、小学、中学，她保住这份工作就相当于给孩子铺了一条坦途。与其拼死拼活去挣钱却让孩子在父母缺失的环境中长大，不如她在家当贤妻良母，给孩子创造一个好的生活环境。所以，周玲珑的安稳，实际上是她女儿的安稳。所以，周玲珑不得不放弃经商的计划，继续在体制轨道上打印文件、喝茶、看报纸。

但是依照周玲珑婆婆的说法，那晚周玲珑痛哭流涕，生怕失去现在这养尊处优的少奶奶地位，聊到最后跪在地上说："妈，我错了，我以后不再跟任绍吵架了。一定不了。"

这件事发生后的第二年，周玲珑又怀孕了。婆婆非常高兴，最好的补品准备好，还送了她一辆宝马X5，说是出门代步方便。车子是在周玲珑名下的，因为她摇号摇中了。

周玲珑的二胎出生了，又是个女孩。这次没有办满月酒，婆婆说："又是个丫头，没什么可庆祝的。不过也好，周玲珑有经验了，带第二个比带第一个轻松多了。"

周玲珑终于在两件事情上做了主：一是让她老公租了一套更大的公寓，多了一间宝宝房；二是雇了个保姆，因为她妈妈身体不好，不能再从老家过来帮她带孩子了。搬家那天，周玲珑扔掉了那只旧行李箱，她知道自己这辈子恐怕没机会用它了。

夜

　　周玲珑的第二个孩子一周岁时，她那位在美国的闺蜜才刚刚结婚。多年奋斗之后她和老公有了绿卡有了房子，美国郊外的大别墅丝毫不比任绍家的差。看到她的婚纱照，周玲珑的眼泪掉下来。她说不是羡慕嫉妒恨，而是想到二十几年后自己的两个女儿都要嫁人。

一个女孩的失踪

　　最近，有段日子了，特别不高兴。听朋友说有个可以长肉的偏方，试了两个星期，后来一上秤，还轻了2斤。眼看体重奔着100斤直线下滑，我开始怀疑这个偏方到底有没有用。

　　哦，这个偏方的主要内容是，一天喝一盒牛奶，1升的那种。

　　……怎么想怎么不对。

　　那天从厕所出来——那是一天里我第五次去厕所，时间是上午10点钟——一眼看到手机亮了，微信，我还在琢磨是谁叫我出去喝酒，打开发现是大学班级群。我就特别不喜欢这个群，毕业都快四年了，大家还假装当年是五讲四美的好学生一样，教师节

夜

还出来给当年的老师隔空喊话、歌功颂德，其实是谁都没有记住老师的电话号码。而且隔三岔五就有一个人蹦出来说自己要结婚了，要不就是去年结婚的挺着肚子要抱娃了。真的是，没有一点儿道德素质，群里还有我一个单身的呢！你们到底有没有为我考虑一下？

不过这个群有一个好处，就是经常会有人发红包。

于是我还是认真地看了。

……没有人发红包。

只有胖子在群里说话。他说："你们还记得柳小美吗？"

咦，好像有点儿印象。

接着胖子说了第二句："听人说，她好像失踪了。"

……我差点儿失望地把手机砸了。失踪了？报警啊！在群里说个什么劲儿？还有，什么叫"听人说"？人家本尊就在群里呢，万一是假消息，被柳小美看见，怎么想我们？过年还好不好意思问她要红包了？

想到这儿我一激灵，打开群成员列表从上到下扫了一遍，没有柳小美。

不对呀，我记得班里一共 30 个人，群里也是 30 个头像，没错啊。

然后我突然想起来，对，柳小美大二的时候就退学了。

群开着，看胖子还能说出什么混话。我坐在一边，开始想，柳小美长什么样来着？记不太清了，好像本来也不是一个特别有存在感的人。嗯……短发，对，短发，长度刚过耳朵，脸有点儿圆，戴眼镜……不对，不戴眼镜，戴的隐形眼镜，鼻子很小，嘴也不大，不化妆，也可能化的淡妆，反正我看不出来。

嗯，大概想起来了，是长这样。一个话挺少的女孩，老是坐教室最后一排。倒也不是腼腆，是为了偷看闲书。你说闲书什么时候不能看，上课这么好的睡觉时间，全让她浪费了。

教室最后一排……对，不论是什么课，她都坐最后头。我记得大二每周都有一个全年级的大课，等会儿，马哲？是马哲。老师特别变态，每节课前点一次名，中间休息点一次名，课上完了再点一次名。劝我们多体验生活，给的建议是没事儿多去机场溜溜，T2、T3，都可以看了又看。去机场不要钱？快轨还25块一张票呢，我一顿饭才花8块。安的什么心啊？

说远了。对，马哲，我也坐最后一排，柳小美迟到了，从后门偷偷溜进来，我抬起脸看她，她还冲我笑了笑。我第一次见她笑。她坐下，顺手从书包里拿出一本书，书名是……想不起来了，什么格，对对，塞林格《九故事》。那也是我第一次遇到除我之外的人在看那本书。

所以柳小美后来去哪儿了？

夜

群跳了一下，抖出一条信息。

"柳小美？她不是很早就被富二代包养了吗？"昵称"剪子剪不断"，大名叫……算了这都不重要。

又一条，换了个人："你说的是第几个富二代？"

底下一群人哈哈哈地笑。

等等，包养？

我好像有印象了。对，大二下学期刚开始，辅导员就和我们说，柳小美以后不来了，她退学了。

我当时应该是说了句话。对，我喊了一句"不可能"，把辅导员吓了一跳。

为什么不可能？她不爱说话，我应该和她没什么交集啊……不对，我和她聊过天。短信？嗯，是，短信，聊了整整一个学期。起初是为了大一系里年会，班里要排话剧，我和柳小美长得既不出众也不搞笑，就负责写剧本。那个时候我们开始聊的。

一开始好像就聊剧本写什么、怎么写，后来开始聊书、聊电影，再后来我连她高中的时候有一次想偷偷作弊，结果不小心把卷子撕了的事都知道了。本来是出于礼节，每天晚上聊到该睡觉了，就和她说一句晚安，结果时间一长，我发现不和她说一句晚安，就睡不着。

我应该是把这话和她说了。对，说了，因为她还回复了，说她也是。

"我们好像可以无话不谈呢。"她还说。

"要是能一直这样就好了。"她又说。

不行，头有点儿疼。不会是感冒了吧……按理说喝那么多牛奶应该增强免疫力啊……无话不谈，对，无话不谈，这四个字感觉特别熟悉。无话不谈是什么样？估计挺美好的。我记得在哪儿看过一句话，"一段感情最好的状态：一见如故，无话不谈"，哪儿有那么好的事儿。

群里又有人说话了。"出国了吧？"这人说。她是谁来着？哦，杨晴，印象中不难看，好像在南方定居了。

马上有人回复："开玩笑，想出国就能出国啊？"

嘿，这个酸劲儿。看名字，夏月月。让我想想……是她，本科毕业去美国读研，据说本来有希望拿绿卡的，不知怎么失败了，去年回的国。这还是胖子和我说的。胖子长着一张忠臣良将的脸，嘴透风得厉害。我挺爱和他聊天，就当开眼界了。

不对，还是得想想柳小美……出国？应该不会。当然我说了也不算。仔细想，她退学了，后来真的就没来上过课。我没问她为什么？你不是说无话不谈吗？这么大事儿不告诉我，老子也不想理你。不就是上课少了个同桌吗，我继续睡觉不就得了。

后来就有传言说柳小美其实是被包养了。富二代，钱多得数不清。传言越说越玄乎，最终的版本是柳小美好好地走在路上，

夜

富二代开着跑车在她旁边停下，跟她要手机号码。这都什么乱七八糟的，电视剧看多了？大家还信。也难怪，文文静静的一个姑娘，平时不吵不闹，忽然一下说她嫁入豪门，换谁谁也接受不了，只能编个不太合常理的故事，骗骗自己。

这个版本好像还是夏月月说的。她好像也说过"富二代怎么就看上了这种女的""少来了，也就是图个新鲜，换换口味，豪门想嫁就能嫁啊"之类的话。

按我现在的脾气，估计会把她埋了。替天行道。让你话多。那会儿应该不会。那会儿我还小，屁都不懂。

再看一眼群。有人说："大二期末的时候不是有人在学校见过她？徐徐，你忘了？"

徐徐又是谁？唉，我这脑子怎么了……这个叫徐徐的人回复："哦哦，对，是见过，就一眼。"

我有点儿蒙。在学校见过她？柳小美？

啊，还真的是。大二期末，她好像给我打过电话。不对，不是好像，就是打过。深更半夜的，叫我去学校南门找她。我记得当时已经挺热了，她穿着一件碎花裙，小衬衣，黑皮鞋。她和我说的第一句话是"对不起"。

她倒没有真被包养，而是去工作了。做的什么我这会儿想不起来，大概记得是工资不低。她缺钱。她爸投资失败，欠了一大笔债。我当时说了句什么？我好像说你缺钱可以找我，回来上课吧。

也不知道我当时怎么想的，说出这么一句话。我哪有钱？

柳小美当然也没回来上课。我问她为什么不和我说一声就走了，她说不知道怎么面对我。我一开始不信，后来她给我看她在手机上写的日记，一天一篇，每一篇都有我。

这要是手写的，估计我也不信。手机是没法儿骗人的，日期自动生成，上头都写着。

我哭没哭来着？忘了。估计是没哭，哭什么，这么宝贵的经历。就算真的哭了，我也会假装没发生过。嗯，就是这么单纯。

柳小美给了我一个新手机号，走了。她看上去挺高兴的，不过感觉也很累。她去打车的时候，我看到她脚后头还磨破了，贴了创可贴。

所以说，包养什么？这帮人什么都不知道。

群里还在聊。夏月月问："胖子，你怎么突然提到她啊？"

过一会儿，胖子说："就是一下想起来这事儿，觉得挺邪乎的。"

"你思春了吧？"徐徐说。

胖子发了一个暴怒脸。"放屁。"他写。

"我就是那天出去吃饭，饭桌上听人说的，说柳小美在他们公

夜

司上过班，后来失踪了。我一听这名字耳熟，就想起来了。"胖子解释。

然后又有一个人冒出来，昵称是大猫脸。大爷的，你们能不能用真名啊，这样我怎么分得清谁是谁！

大猫脸打字："你们说的这是谁呀？我怎么没印象？"

……真棒，还有比我记性差的。

夏月月很快回复："正常啊，你大三才来我们班的，那会儿她早走了。"

哦，想起来了。是有这么个人，大三换专业，分到我们班。也不知道学校是怎么批准的。据说是因为成绩好。开玩笑，还有没有点儿原则了？

等等，大三，大三……我好像漏掉了什么……嗯，是漏掉了。柳小美给我留了手机号，我就每天主动联系她，晚上还是和她发短信聊天。她再忙，也会和我说晚安。有时候我不小心睡着了，被手机振醒，还装着没睡的样子，回她几句。

直到有一天她告诉我，她公司有个男的追她，总监级别的。

好像还说了些什么。对，说那个男的对她很好，她加班到多晚，他都坚持开车送她回家。时不时送她些礼物，价值不菲。当然了，这人也不是家财万贯，但那什么，不是有句很著名的话——赚一万给你花九千的，都是好男人。嗯，就是这么一个好男人。

柳小美问我该怎么办，我说你应该答应他。

不然我还能说什么？等着我？我倒是想，我有那个资格吗？我逃课逃得毕业可能都成问题，拿什么和人家竞争？现在我是很鄙视当时我说的话，但这是因为我腰板硬了，仔细想想，那会儿我只有一个想法，就是她能过得轻松一些。

我不记得柳小美后来说了什么，也没必要记得。

她接受了那个男的。

那这事儿就好解释了，没准儿是和那男的回老家结婚了呢。人家自己过自己的日子，也没什么必要通知我们，通知了，你们肯定还会背地里骂她，说她借婚礼敛财，虽然表面上大家一团和气。

但我隐隐约约觉得，我忘了什么重要的事儿。

脑子一团糨糊，兴许是没睡好。还是再看看群里怎么说。

……他们好像不说这个话题了。

夏月月在说毕业，都这么久了，她还对毕业照上自己的脸被照歪了耿耿于怀，批判学校不肯花钱，雇的摄影师和傻子一样。于是话题又从毕业照转到了学校有多么抠门上。

毕业？我好像有头绪了。

毕业那天倒是没发生什么，或者说，发生的那些没什么需要特别铭记的。柳小美没来。我给她发短信，说我毕业了，她没回。

夜

过了两天都没回。

一周后，她顶着两个黑眼圈来找我。

是在哪儿呢？应该不是在学校。那会儿我已经搬走了。让我想想……第一份工作……家属区……对，在一个大学家属区门口。我在附近一家公司上班，就近租的房子。

柳小美站在一堵墙旁边看着我。那天她穿了什么我忘了，就记得她还戴着隐形眼镜。这也没办法，近视又不是说好就能好的，她老是加班，度数可能还更深了。

她和我说，她跟那个男的分手了。

原因我现在想起来都觉得扯淡。她和那个男的感情挺好，打算结婚，男的愿意娶她。她跟他回去见家长，男方家长当时笑脸相迎，拉着她的手问这问那，柳小美还觉得两位老人很温和。谁知道他们刚回北京，那边父母的"浩命"就下来了，说她学历太低，大学都没毕业，配不上他们儿子。

柳小美起初还在我面前替那个男的说好话，说他也没办法，毕竟人都说，不被家长祝福的爱情不会长久。说他也痛苦，犹豫了很久。说她不恨他，是她自己的问题。

说着说着她就哭了，号啕大哭，一边哭一边问我："他为什么不能努力一下？他为什么不能努力一下？"

可能是因为我没办法回答，所以这句话我记得特别清楚。

也可能是因为，柳小美哭了。那是我第一次见她哭。

　　等会儿，那天是不是还下雨了？一般这种时候不都得下场雨，恨不能把人砸死那种？对，下了，下了，我记得我一开始打着伞，后来伞扔了，因为我没手拿。

　　我抱着柳小美。

　　然后我说……我说……

　　哎，我说了什么来着？头又开始疼了……不该喝那么多牛奶……我到底说了什么？

　　想起来了。

　　我说别人不要你，还有我。我不在乎学历。

　　还有一句。

　　我说我刚开始工作，没什么钱，但我可以养你。我说我可能也攒不下什么钱，但我会尽快让自己强大起来。我保证 5 年内让你过上不担心钱的生活，每超过一年扇自己一巴掌，用全身力气扇，你也可以扇。我说你去哪儿我都陪着你，天长地久，直到我走不动为止。

　　……这好像也不止一句。乱了，乱了。我怎么说了这些？为什么要说这些？

　　对，柳小美也问这个了。她也问我为什么，问了我好几遍。

夜

我说就为了那四个字：无话不谈。

后来？后来她貌似又哭了，用力抱着我。

唉，这么好的事儿，我居然差点儿忘了。

……等等，不对啊！要是按照这个路数，我们现在应该在一起啊！那她人呢？一个大活人从我跟前儿不见了，我再傻也能感觉出来吧？胖子说她失踪了，我大概能想起来，小美第二天就辞了工作，也没和同事道别，一个人走了。我还在楼下等她。可那之后呢？看群里那些人的意思，毕业之后这四年多就没人见过她，那我应该是唯一一个毕业后还和她有接触的——她能去哪儿？难道……我们后来也分手了？

我不是那种始乱终弃的人啊……发生了什么？

我有点儿烦躁，想掀桌子，又觉得这桌子看上去挺值钱，忍住了，虽然我忘了它值多少钱。

正想着，卧室门开了。

"你起了？"一个女的说，"把我困坏了，你什么时候起的我都不知道。"

"没起多久。"我顺嘴说，一时间脑子没转过来，这是谁啊？

我和这个女的睡觉了？！

女的没有一点儿不自在的意思。她揉揉眼，推开洗手间的门，一边往里走一边说："我冲个澡啊。"

我没说话，还在拼命思考昨儿晚上我到底干了什么，她又探出了脑袋："对了，你帮我把身份证装包里吧。我下午去健身房办卡，怕到时候忘了。"

……你还怕忘了，我连你是谁都没想起来啊！

"你身份证在哪儿？"我大声问。

"茶几抽屉里！"隔着门，她喊，不一会儿就听到开水龙头的声音。

我伸手去开抽屉，里面果然有一张身份证。我拿起来，四下看了看，看到大门后头挂着一个女包，就走过去把身份证装进包的隔层里。

迷迷糊糊的，我看到身份证上印着一个名字：柳小美。

……柳小美？！

再看照片。短发，拢在耳朵后头，额头白皙，脸有点儿圆，鼻子很小，嘴也不大。

看来我没记错。她是长这样。

也就是说，现在在浴室的那个人，是柳小美。

我一下觉得天旋地转，连带着屋里的一切都在转。门后头女包下面挂着一个男包，门旁边鞋柜上有两副钥匙……鞋柜旁边放着两双拖鞋，情侣的，一蓝一红……茶几上，杯子是一对……餐桌上餐具是一套两件……沙发套是碎花的，肯定不是我选的……电视柜上有一个相框，里头照片是两个人的合照，女的是

夜

她，男的应该是我……对，第五次从厕所出来的时候，我照了下镜子……

所以我是谁？

手机又亮了。还是微信。班级群消息提示，一个红色的 @，看来是 @ 我。打开，胖子正在喊我："长安，你有她的信儿吗？"

我愣了好半天，手指慢慢挪到键盘上，打字。

"没有。"我写。

人世间所有的相守，不都有一种感伤吗？
无论多么相爱的两个人，终归要各自走上黄泉
路，结不结婚都一样。一切都不完美，每个人
都有一箩筐的不圆满……

你 的 感 冒 很 梵 高

你的感冒很梵高

文 / 张小娴

　　她离开画室，走到对面人行道的车站。星期四的午后，只有几个人在等车，大家都低着头看手机。一辆单层巴士到站，她上了车，坐到车厢中间，拿出手机看了一会儿，又发了一会儿呆，其间敏捷地避开了两个在她前面用手机自拍的少女的镜头。然后她在第四个站下车，走进新开的超市买了罐头红豆、苏打饼干、火腿、奶酪、咖啡和狗粮，又买了水果和麦片。拎着大包小包回家的路上，经过一家小店摆满鞋子的橱窗，她停下来，脸贴到橱窗玻璃上，发亮的眼睛看着里面一双亮晶晶的银色坡跟凉鞋，那兴奋雀跃的神情就好像小兔子看到一根快到口的胡萝卜，差点儿就要发出"啧啧"的幸福的感叹声。最近她一直想找一双银色鞋子，没想到竟然给她找到了。这双鞋子好美啊，是鱼嘴鞋，只露出大脚趾和二脚趾，鞋面缀满小小的珠片，草编织的鞋跟约莫有两时半高，是她可以驾驭的高度。价钱也许不便宜，可她今天必须买点儿什么来平衡一下心情。她走进店里，不一会儿就抱着新买的鞋子走出来。走了几步，她急匆匆折回去，抓起留在店里的那一大袋狗粮。

她拎着东西穿过马路，这时，天空突然下起一阵雨，她没带伞，头发和臂膀都湿了。她走着走着，停在了路口一家商店的雨篷下面，寻思着要不要回店里，把同款那双金色的也买走。金色也很好看啊。女人爱买东西还真是有形而上的理由的，买东西的时候，满脑子想的就是买东西这事儿，别的什么都不用想。她刚刚用手机拍了照片，要不要马上发个短讯给妮妮问问意见呢？她看看手表，现在是意大利的半夜，要是为这事吵醒妮妮，妮妮肯定会宰了她，做了妈妈的女人都有点儿歇斯底里。她想了想，还是晚点儿再说。

"饿了吧？快了。"一回到家里，她就走进厨房做饭给伏特加吃。伏特加定定地坐在她脚边，贪婪地望住她和她手里的牛肉，不时发出几声不耐烦的呜呜声。伏特加是一条圣斑纳犬，七岁了，又肥又壮，每星期可以吃掉一座小山那么多的食物，早在它满四岁时，她就已经没有力气把它抱起来了。

伏特加吃饭的时候，她吃了几片火腿和奶酪，然后把那双银色鞋子拿出来穿在脚上。她在屋里走了几步，坐下来抬起脚看了又看，愈看愈觉得真是好看。伏特加吃完饭，从厨房走出来，懒洋洋地坐到客厅的一排落地窗边看雨。她走过去摸摸它的头，说："你知道吗？你是一只喜欢看雨的狗。"

伏特加低鸣了一声。

窗外下着淅淅沥沥的雨，她的头发上还留着雨水的好闻的味道。她一向喜欢雨的味道，那是尘土的味道。好多年前，她买过一瓶雨水味儿的香水，偶尔在没有雨的日子擦一点儿在身上。都说人在哪个季节出生也就会偏爱哪个季节，她生于夏天，最喜欢夏天的雨。夏天的雨痛快淋漓，不像春天的雨，温吞吞又黏答答，仿佛会把一切都潮掉，也不像秋天和冬天的雨那样凄凉。唯独七年前那个秋天的一场雨不一样，那是她生命中最美丽的一场雨，那场雨的分量远远超过了她一辈子爱过的所有夏天的雨。

那个十一月的雨夜，雾锁伦敦，飞机延误，她在伦敦希斯罗机场等着转机回香港。那年，她二十一岁，一张孩子脸，戴着五百度的近视眼镜，在候机室埋头读着毛姆的《月亮和六便士》。她正读得高兴，一个高大个儿的外国人突然坐到她身边，笑眯眯地说："嗨，小美女，我们是不是在哪里见过？"他满身酒气，一头金色短鬈发，脸上的皱纹很多，穿一件跟他咖啡色眼珠同色的灯芯绒西装外套，裹了条窄裤，左手小指上戴着一颗宝石戒指。

她看了看他，说："你认错人了。"

"你看起来好小哦。你几岁？有没有十四岁？"他说着，拧着手指上那颗俗气的戒指。

他怎么会以为她只有十四岁？她不禁寒毛直竖。她可不是他的洛丽塔。她二十一岁，够老了。

"我从来就没见过你。"她说着挪开了些。

可他不放弃，又靠近她一些说："我请你喝杯酒怎么样？你怕什么？我又不会把你吃掉，除非你想要我这么做。"

她又怕又想吐。害了感冒，头涨涨的，困在机场回不了家已经够倒霉，竟然还遇上个娈童癖。

"你是不是聋的？她都说了不认识你，你就别烦她呗。"坐在她后面的一个男孩子懒懒地说。

男孩年纪和她差不了多少，也是黑头发黄皮肤，瘦瘦的，一脸憔悴相。

"我没有跟你说话，你谁呀？"醉鬼拧过头去骂那男孩。

"他是我朋友。"她机警地说。

醉鬼突然好像泄了气似的，似笑非笑地站起身看了看他俩，灰头土脸地走开了。

"谢谢你。"她对男孩微笑。

他咧咧嘴，没笑，也没回话。

她只好继续看书，可只要想到他坐在她后面看着她的背，那张脸好看却又那么憔悴，她的思绪就再也无法回到书里去。

"我去买咖啡，你要喝吗？"她回头问他。候机室有点儿冷，她也真的是想喝咖啡。喝一杯温暖的咖啡，说不定她的感冒会好些。

他有点儿惊讶。

"拿铁你喝吗？"她问。

"好的，谢谢。"憔悴的脸上终于露出一个微笑。

她跑去买咖啡。

回来的时候，她手里拿着两杯拿铁咖啡，递给他一杯说："请你喝的。"

"谢谢你的咖啡。"他喝着咖啡说。她看得出他喜欢喝咖啡。

"拿铁你喝的吧？刚刚没问你喜欢喝什么咖啡，我喜欢拿铁就觉得别人也喜欢。"

"我无所谓，只要好喝就行。"他说。

她笑笑，问他："你是来伦敦玩吗？还是住在这里？"

"我来看一个朋友。"他说。

"我也是喔。其实不是来看她，是来参加她的婚礼。她上星期在托斯卡纳一个小镇结婚。去年她陪她小阿姨去佛罗伦萨玩，在那儿遇到她的王子。他是意大利、法国、奥地利和匈牙利混血的，好像也混了一点儿捷克。他曾祖母的曾祖母是法国国王的情妇，要是在从前，他说不定是其中一位皇位继承人呢，所以我们都喊他王子。嗳，你去过托斯卡纳吗？"

他摇了摇头。

"有机会你真应该去看看，那是我见过的最美的地方。"她边说边从背包里摸出她那部数码相机，把照片一张张翻出来给他看，也没问他想不想看。"婚礼就在这幢老房子举行，很美是吧？有两百五十年历史了，房子里除了人，每样东西都是古董，那天我们就在这棵无花果树下面野餐，吃树上的无花果。托斯卡纳的天空好蓝哦！这是新郎和新娘，喔，她有点儿恋父，王子的年纪大得都够当她爸爸了。"

她揩揩鼻水，冲他笑笑。有些话她没告诉他。婚礼结束之后，她从佛罗伦萨飞伦敦转机，在伦敦停留的这几天，她一个人住旅馆，一个人吃饭，一个人去买东西，一个人去大英博物馆逛，夜里一个人走在陌生的城市陌生的街道，被雨打得浑身哆嗦，结果第二天就感冒了，哪里都去不成。她在酒店的床上孤零零地躺着，明白以后只有她一个人了。她从来没想过妮妮这么早就结婚。谁会在这个年纪结婚啊？她俩不是说好三十岁结婚的吗？至少也要等到二十八岁。到时候，哪一个先结婚，另一个就当伴娘。要是没有男人……不会没有的，或迟或早，总会遇到命定的那个人。可是，即使要嫁，有必要嫁到托斯卡纳那么远吗？这辈子，她们还能见上几面？以后她要跟谁说悄悄话？失恋的时候又是谁陪她哭、陪她喝酒、陪她坐着不说话？难道她自个儿跟自个儿过吗？她哭了。她是那样害怕孤独。

"你喜欢伦敦吗？我不大喜欢伦敦的天气。不知道是不是和天气有关，我觉得街上每个人看起来都好阴沉好孤独。意大利不一样，想到意大利，你想到的是阳光，当然还有意大利面。托斯卡纳那里每个人都像孩子一样快乐，这里的人一个个都像老人。可能因为我在英国没朋友吧，有朋友的话，看法也许会不一样。"她说。

"我在英国也没朋友了。"他说。

"你不是说来看朋友吗？"

"我来送他，他死了。"他说着抿抿嘴角。

她惊住了，看不出他是悲伤、难过还是累了。那时候，死亡是多么遥远的事。

两个人好一会儿都没有再说话，直到杯里的咖啡喝完了，她回头跟他说："我得再喝一杯咖啡，你要吗？我去买。"

"我去买吧。你还是拿铁？"

"嗯，好的，谢谢你。"她点点头朝他微笑。

　　他拿起背包，起身去买咖啡。她觉得他是不想让她看到他伤心的样子，才找借口走开一下。她望着他的背影，他长得很高很瘦，走起路来漫不经心。可能因为太高了，他稍稍有些伛背，可她喜欢男人有些伛背、插着裤袋走路的背影，这样的背影很深情。

　　他买了咖啡回来，还是坐在她后面。两个人静静地喝着咖啡，没有再说话。她重新翻开手上未读完的书，可这么好看的《月亮和六便士》她也没法看进去。那个人为什么会死？是男的女的？应该是和他一样年轻的吧？是生病吗？那杯咖啡完全没有作用，她愈想集中精神看书就愈觉得累。最后，她索性把书合上，抱着背包睡了一会儿。

　　雾散了，航空公司广播通知乘客登机。她起身收拾东西，对他笑了一下，说："终于可以回家了。"
　　"是啊。"他眼睛红红的。
　　飞机上，他的座位在后排，两个人在走道上道了再见就分开走。他坐得离她很远，远得她回头看很久都看不见。

　　飞机抵达香港，她在输送带领行李时没看到他。她领了行李，走向机场铁路站的路上，回头看了几遍，也没看到他。她心不在焉地走着，一列列车停在月台上等着，正要开走，她拖着行李箱

跑过去，只差几步她就能赶上车，列车却在她面前关上门。她眼
巴巴地望着列车开走，心里禁不住诅咒了几句。

几分钟之后，一列空空的列车缓缓驶进月台。门开了，她上
车，放好行李坐下。车子离开月台，她重又回到她熟悉的城市，
穿过熟悉的风景，午后的阳光照进车厢，窗外烟尘漫漫，她心里
想，她和他，不过是旅途上偶然相遇的两个旅人，比起擦肩而过
的缘分要深一些，如此而已，以后再也不会见到了。

一年后，刚好也是十一月，那个天色明媚的星期二，立冬刚
过，天气依然暖和，她拎着一个沉甸甸的黑色尼龙袋，身上穿一
件孔雀蓝色领口缀了珠片的印度衫，裹了条七分裤，脚蹬一双坡
跟凉鞋从家里出来，走路去坐地铁。尼龙袋里面放着她前几天画
好的十几张画。她下了地铁，从月台的一边走到另一边。就在这
时，她看到他，他也看到她了，两个人几乎同时开口。

"咦？是你？"她说。

"是你啊？"他说。

"其实我叫杨立冬。"他冲她笑笑。

她怔住了："你叫立冬？天！你真的叫立冬？"

"是啊。"他尴尬地说。

"我叫林夏至。"她说。

"你叫夏至？不会吧？"这回换成他一脸惊讶。

"你是立冬出生的？"她问。

"你夏至？"

"是哦。"她猛点头，两个人同时笑了。

一年不见，他这天穿了件翻领棉衣，罩了一件夹克，还是一样瘦。

"你要去哪里？要我帮你拿吗？"他问她。

"嗳，谢谢你。"她老实却不客气地把那个尼龙袋塞给他，"我要把这些画拿去中环的画廊。"

"你是画画的？"他好奇地瞄了瞄尼龙袋里的画。

"你想看吗？"说完她却又后悔，"呃，还是不要了。"

看到他略微失望的神情，她马上又改变主意："你看了可别笑哦。"她说着从尼龙袋里拿出一张画给他看。

他看了不禁皱眉："梵高的《向日葵》？"

"我画的画没人会买的呀。梵高的才有人买，他的《向日葵》《星夜》和《麦田乌鸦》都很好卖。怎么样？我画得很像吧？"她捂着嘴笑了。"我也画毕加索和莫奈，能卖的我都画。"

这时，一列列车轰轰地开进月台，有人上车，有人下车。她脸上带着些许怅然问他：

"你呢？你要去哪里？"

"哦，我也是去中环。"他眼睛笑笑。

　　车厢里挤满了人，他们被挤在一块儿，她把那张画塞回尼龙袋里，自嘲地说："你刚刚没想到我画的是这些画吧？我一星期就能画三到四张。梵高一生画的向日葵都没我画的多。"

　　那天她刚好在头发和耳背上擦了雨水味儿的香水，他问她："刚刚外面下雨吗？我出来的时候明明还看到太阳。"

　　"我也看到太阳，没下雨哦。"她望着他，嘴角一弯，笑了，却也不告诉他那不是真的雨水的味道，他闻到的是她的香水，他被她的香水给骗了。她想着想着，禁不住在心里偷笑。

　　然后，她说："这些画很多人买，说不定有天我会在某个地方发现我画的这些向日葵呢。等我有钱，我把它们一张一张全都买回来。"

　　"你怎么认得是你画的？"

　　"哦，我在每张画上面偷偷做了记号，只有我自己知道。"她抿嘴笑笑。这时，她发现衣服的领口上沾着些狗毛。"哎，伏特加又掉毛了。哦，伏特加是我养了四个月的一只小狗。"她边说边用手摘去狗毛，然后顺手揩在他怀里的她那个尼龙袋上。这个动作是那样自然，他也就没想过要往后退。

　　后来的一天，他告诉她，那天他并不是要去中环。他从来没想过竟会在香港再见到她，更没想过他叫立冬而她叫夏至。为了能够在她身边多待一会儿，为了跟她聊天，为了多看看她笑得弯了腰的可爱的傻模样，他撒了个小谎。这个小小的谎言，几乎是偶然之后的必然。

　　他们在车厢里天南地北地聊了许多琐碎的事儿。他告诉她，他是念微生物学的，毕业之后在大学的教学医院里当研究员，专门研究病毒。她想象他穿起白大褂全神贯注地透过显微镜与病毒打交道的模样。原来他常常低着头看显微镜，怪不得他的背有些许驼。

　　她问他说：

　　"病毒放大了几千几百万倍之后，在显微镜下是什么样子的？"

　　"哦，那个有点儿像梵高的画。"

　　"不会吧？"她眼睛一亮。

　　"病毒不丑哦，譬如感冒病毒就很美，所以，感冒的时候，你可以说，你的感冒很梵高。"他笑笑说。

　　"我的感冒很梵高……"她说着，看向他，禁不住笑了。她心里想，难道他居然记得她在伦敦机场那天犯感冒了吗？

　　他说："人的一生平均感冒两百次……"

　　她心里嘀咕："一生只有两百次吗？而我居然在其中一次感冒时刚好遇到你。"

　　他又说："显微镜下面看到的乙肝病毒，就像梵高的《星夜》。"

《星夜》？真的吗？"听着他眉飞色舞地把每一种病毒都形容得那么美，她向往地笑了。

列车不知不觉到站了，他帮她拎着那个尼龙袋，陪她走路到中环荷里活道的画廊。两个人说起去年在伦敦机场遇到的那个醉鬼色狼，他告诉她，他其实并没有那么勇敢，他当时只是很想揍人一顿或者挨一顿揍，只要能够发泄心头的愤怒就好。那个死去的男孩是他从小到大最好的朋友，在剑桥读大三，有一个很好的女朋友，那个女孩后来爱上了别人，离开了他。他以死表白他的爱情。

"我当时很生他的气，很气他这么做，很气他这么懦弱，这么自私。"他说。

"他是很爱那个女孩吧？"她说。

"要是你爱一个人，你不应该用死来惩罚她，你只希望她幸福，只希望她过得好。他死了，她永远都不会幸福啦。"

"那个女孩子现在怎样了？"

"听说她跟后来那个男的也分手了。"

"你现在还生你朋友的气吗？"她看看他。

"我无法真的生他的气，只是接受不了他死了这件事。"他说。

"生命中有的人就是会提早跟你告别，有的人迟一些。告别的方式未必是你喜欢的，可也未必是他想要的。"她说。

"要是我早知道他要这样告别，我肯定会揍他一顿。"他抿抿嘴，一抹苦笑。

那时候，她刚刚结束一段短暂的恋情，他跟大学时期的女朋友大半年前分开了。单身的两个人走着走着走过中区的繁华大街，走着走着走进深蓝的暮色，走着走着就七年了。

而今他长胖了些，肩膀也变宽了，时间把他从一个瘦男孩变成一个成熟的男人。她常常拍拍他微伛的背，提醒他要挺直些，别老低着头工作。当年她口中形容的小狗已经变成一头庞然巨物，伏特加现在大得可以堵住他们半山西摩道那间小公寓的大门。这只圣斑纳犬看上去好像很笨，骨子里却聪明得很，每次要是他们出去不带上它，它就会很不满地耷拉着一张大脸，横在门边，用身体把门堵住，想出去的话得首先把它挪开或是从它背上跨过去。

她已经很久没有再画梵高的《向日葵》了。这两年她在一家自助画室上班，顾客只要付钱就可以在画室里自由地画画，画得再难看也不会被人取笑。画室定期开办油画班，她的学生什么人都有：送完孩子上学的年轻妈妈、白天无所事事的别人的情妇、做着画家梦的中年女人、永远打扮得一丝不苟的孤独的老太太、发型跟晚年的毕加索一样的爱说话的老头……教这些人画画毫无挑战，幸好她本来就天性懒散，也就觉得无所谓。画室距离他们家只有三十分钟的脚程，路上有一家法国人开的小店，卖很好喝的烘焙咖啡和每星期从法国空运过来的榛子面包，他们两个和伏特加都喜欢吃。

伏特加是只母狗，每半年来一次月经。她听说母狗会吃掉自己的月经，幸好，伏特加对吃一向很挑剔，她从没见伏特加吃过。达尔文在《物种起源》里说，狗的祖先是狼，配种让狗的体形变小。可她怎么看都看不出伏特加是狼的后代，狼哪有像它长这么胖的？七年前，当她第一眼看到伏特加，她联想到的是北极熊。她以为它长大之后会像北极熊那么威武，可以保护她，没想到伏特加愈长愈不威武，倒是很会撒娇，常常爬上他们的床，睡在他们身边，用头磨蹭他俩的脚。难怪人们都说狗是天生的尤物。她的风情从来无法跟她的狗相比，她就是不会撒娇。

她两年前做了激光视力矫正，从此跟近视眼告别。二十九岁了，身上的婴儿胖终于稍稍离她而去。十四岁的时候，她无法想象三十岁的自己，甚至想过上了三十岁就不活了。可是，转眼间，她竟然快三十岁了。老有老的好处，老了，她渐渐接受自己身上的一切。她从前不怎么喜欢那遗传自母亲的一双大耳朵，无论换什么发型也会遮住耳朵，可她而今已经不介意把耳朵露出来。她耳朵的轮廓漂亮，耳垂厚厚的，别人都说她有佛相，杨立冬却喊她做大耳兽，又说单看这两只好福气的大耳朵，她至少能活到一百二十岁，到时候，他早已经不在了，伏特加也早就投胎做人，她只能喝着俄罗斯伏特加想念他的好。

"嘿嘿，那么老了还能喝伏特加也挺幸福的哦。"她嘴里总是这么说，可她才不要孤零零地变老。老得像一块皱巴巴的橘皮也还罢了，她决不想老得把他给忘掉了。可是，这由得她吗？当一个人活得太老，喝不喝伏特加也一样迷糊。

杨立冬比她大一年零六个月，他并不像他外表看上去那么漫不经心。每次她胃不舒服，他会为她做牛奶苏打饼干。那是他的家传秘方，小时，每次他生病，他奶奶就是做这个给他吃。做法很简单，先把牛奶煮开，苏打饼干掰碎放牛奶里，用一根木勺子慢慢拌匀再煮一会儿，看到锅里的牛奶冒出许多小泡泡，那就可以吃了。一碗牛奶苏打饼干吃下去，肚子暖暖的，能睡一个长长的甜腻的觉。他有时会变些花样，加入罐头红豆一起煮。加了熟红豆的牛奶在锅里逐渐变成淡淡的好看的粉红色，他说吃了很补血，于是她每次都把碗里的红豆牛奶苏打饼干吃得一口不剩，吃完，胃也不痛了。

他不爱做饭，牛奶苏打饼干是他唯一会做的。每次做这道甜

点，他像大厨般神气，吩咐她坐着等吃，不许她帮忙。他也不爱洗碗。他宁愿洗碗也不愿意洗衣服，他能够很专心地一边唱歌一边洗碗却懒得去弄明白家里那台洗衣机是怎么操作的。他倒是很愿意负责遛狗，伏特加也喜欢跟他出去跑步。他喜欢围棋，还是个中高手。他跟几个朋友组了个围棋会，每星期有一天夜晚几个人一起下棋。她有时会参加，每次也只是在旁边看。她永远弄不懂围棋。对于她不懂的事情她都不喜欢。她觉得不懂围棋是因为她算术不好，她爱把算术不好当作优点，常常说："算术不好的人也不会算计，我可没见过会算计的人算术不好。"

杨立冬说她学不会围棋是因为缺乏专注力。"有的人就是没法专心做一件事。"他说。

她无法否认他的话。她有一颗过于感性的头脑，思绪太飘忽，很难专注，可她反驳他说："我爱一个人的时候可以很专注。"

每个星期四晚上是围棋会风雨不改的聚会，今天晚上他要陪她去喝鲸鱼的喜酒，只得缺席一次。早上两个人在厨房吃早餐的时候，她说："今晚会见到很多旧同学呢，有许多你都没见过。"

"放心，她们见到我肯定会很妒忌你。"他倒了杯咖啡说。

"不会啊，她们一向已经很妒忌我。"她吃着他昨天在文华酒店买的脆皮奶酪面包说。

"妒忌你耳朵大，听歌不用扩音器？"他说着咯咯地笑。

"才不呢，是妒忌我人长得漂亮，又可爱又聪明。"她得意地说。

"又漂亮又可爱又聪明？你是说伏特加吗？哎，要是她们看到你坐在马桶上吃冰淇淋的样子，肯定不会觉得你可爱吧？"

"什么嘛，不就是吃冰淇淋？"

那天她和母亲在电话里吵架，心情糟透了。挂断电话之后，她把家里的音响音量扭大，在冰箱里找出一大桶家庭装的巧克力冰淇淋，听着巴赫，捧着冰淇淋，光着两只脚丫坐到马桶板上，狠狠地哭，狠狠地吃，狠狠地发泄心里的悲愤。浴室的门开着，她吃着哭着，拿着卫生纸擦眼泪，没听到他回来的声音，也没听见伏特加汪汪地叫。直到猛然抬头的一刻，她吃惊地看到他站在浴室的门边看着她，脸上露出跟她一样的吃惊的神情。

"可你吃的是巧克力冰淇淋，我还以为你疯了，在吃那个呢。"

"啐，谁会吃那个！"她笑着分给他一口面包，"这面包很好吃啊，你以后就多买点儿吧。"

"你真会吃。面包每天十一点钟出炉，晚了就买不到，我特地去买的。"他吃着面包说。

"我今天上半天班，你下班先回来接我？"

"好的。七点半？"他把最后一口咖啡喝完。

"七点半太晚了，六点半吧，别迟到哦。"她送他到门边，飞快地吻了他一下。

他出去了。她关上门，回到厨房继续吃她的早餐，这时她发现厨房的地上有几点血迹。她拿一张卫生纸擦掉地上的血迹。

"哎，你来月经了。"

伏特加蹲着，一副无精打采的样子。

她看了看伏特加："你都七岁了，再老些会停经吗？"

伏特加可怜巴巴地趴在地板上，眼睛看着她。

她已经想不起这七年是怎么走过来的，她从来没想过可以跟一个男人一起这么多年。她母亲就曾说她很难被取悦。她总记得母亲每一句批评她、揶揄她的话。从前每一段恋爱都不长久，难道她没沮丧过，没迷失过吗？在遇上杨立冬之前，她没想过人生是可以这样过的。她在这个男人身上重新认识自己，她知道她虽平凡却也独一无二，她或许难以取悦，却有一个愿意取悦她的人。

她摸摸伏特加，喃喃说："为什么他从来不向我求婚？他明明那么爱我。他爱我吗？伏特加，你爱我吗？"

本来趴着的伏特加站起身摇了摇尾巴，仿佛在回应她的爱。

除了他从来没向她求过婚，一切都很好。

"就是呀！都七年了，为什么你俩还不结婚？老王子跟我第一次见面两个小时之后就向我求婚了。"妮妮在电话那一头说。

七年间，妮妮和她的老王子生了三个像意大利球星般俊美的小王子，也说得一口流利的意大利语。在托斯卡纳那个美丽的山城小镇圣米尼托的房子里，妮妮自己做面包、面条、李子派、传统的圣诞蛋糕和各种甜点，用刚收获的水果做果酱，用院子里的砖窑烤鸡、烤比萨和牛排，就差没有亲自去挤牛奶。妮妮能做出一桌子像模像样的可口的意大利菜，每晚临睡前为三个儿子讲床边故事，大清早送他们去上学。她还真是没想到从前大学寝室里那个成天忙着恋爱的妮妮有天会摇身一变成为一个干练又贤惠的媳妇。

"难道你想谈一辈子的恋爱吗？"话说到一半，妮妮吼出一串意大利语，不是对她吼，是对正在打架的三个儿子吼。每次两个人通电话，妮妮时不时就要停下来吼一吼，她都习惯了。

"我刚刚说到哪里？"妮妮问。

"你说，难道你想谈一辈子的恋爱吗？"她拿起床上那条杜鹃红色低领的连衣裙穿上，走到浴室的镜子前面看了看，继续说，"谈一辈子的恋爱不好吗？我觉着这也挺好的。"

"谈一辈子恋爱多累啊。"妮妮说。

"我穿什么颜色的鞋子好哦？"她苦恼着。

"你裙子什么颜色？"

"杜鹃红。"

"你今天不是刚买了一双银色凉鞋吗？"

"喔，对呀！"她穿上今天买的那双银色珠片的坡跟凉鞋，然后走到镜子前面看看，脸上露出满意的神情。

"你说我追个女儿好吗？老王子也喜欢女儿。儿子太野了，要是有个女儿多好啊。可以买很多漂亮的裙子给她。"

"什么？你还想再生？你嫁到意大利就是为了替意大利增加人口吗？"

"我生的是混血儿，我是替意大利改良物种呢。你不喜欢小孩子吗？"

"我不确定我喜不喜欢。小孩子都快乐吗？长大不一定就快乐吧？"

"哎，你又来多愁善感了。生出来之后就会喜欢，快点儿结婚吧，将来你和杨立冬生两个孩子，一个叫立春，一个叫立秋，一家子就是春夏秋冬四季。"妮妮说着大笑起来。

"生出来之后不喜欢怎么办哦？"她把话筒夹在头和脖子之间，拿了瓶指甲油，坐到床边开始涂指甲。

妮妮突然又在电话那一头对三个小王子吼了一通。

"你现在过的生活是你想要的吗？"她问妮妮。

"难道你不了解我吗？我从小就想结婚，嫁一个比我老、爱我、照顾我、迁就我的男人，然后和他生儿育女，有一个属于自己的家。我缺父爱啊。"妮妮说。

虽然隔着话筒，她还是能够感受到妮妮声音里的幸福。是的，直到很久以后，她才发现她并不了解妮妮。她不了解这个当年常常换男朋友的花心的女孩，伤了那么多男孩的心，最想要的原来是一个归宿、一个家。

"你要的又是什么？是现在的生活吗？"妮妮问她。

"我要一个永远爱我的男人，我跟他谈一辈子的恋爱。"她说。

"可是，他爱你就应该娶你，至少也应该主动提出来，问你想不想结婚，给你一个机会说不。"

"要是他提出来，我会马上答应哦，我为什么要说不？"

"不是真的说不，但你至少有个机会说不，可不是每个女人都有这种机会的啊。"妮妮答道。

两个人都笑了，仿佛又回到那些十几岁的日子。无数个夜晚，寝室关灯以后，她们躺在床上有一搭没一搭地说着爱情，说着那些她们爱和爱她们的男孩，说着遥遥远远的未来，直到其中一个首先睡着了，另一个听不到答话，觉着有点儿寂寞，慢慢地睡去。

当年同住一个寝室的六个人，包括妮妮在内，其中三个都嫁了，剩下鲸鱼、小由和她。鲸鱼今天也要结婚了。

去年十二月的一天，鲸鱼把她和小由约出来吃水煮鱼。三个人吃得痛快淋漓的时候，鲸鱼甜丝丝地向她和小由宣布："我要结婚了，跟我表姨妈的儿子，算是我表哥吧。"

鲸鱼是她们当年寝室里六个女孩之中成绩最好的，人却也是六个之中最没情趣、最不浪漫的。那时候，她们一致认定鲸鱼会是六个人之中最后一个嫁掉的。突然听到鲸鱼要结婚的消息，她实在是太意外了，也夹杂着些许妒忌，当时就冲口而出说："你爸爸妈妈不反对吗？"

"他们为什么要反对？"鲸鱼怔了怔。

"天哪！你怎么能够嫁给表哥？"她激动得连说话的声音都跑了调。

"他是我表姨妈的儿子，我当然可以嫁给他。"鲸鱼说。

"你确定你们这样不是乱伦？"她说着用手肘捅了捅身旁的小由，"小由，你是念遗传学的，你来说说。"

一向无辣不欢的小由没回答她，一个劲地低头吃着水煮鱼，边吃边擦眼泪说："这鱼很辣，很辣。"

她到现在还记得鲸鱼当时的脸色有多难看，也记得努力掩饰着眼泪的小由。回想起那天晚上的情景，她禁不住笑出声来。

"嗳，你笑什么？"妮妮问。

"我想起那天我问鲸鱼，她嫁给表哥是不是乱伦。"她咯咯大笑。

"就是啊。嫁表哥是不是有点儿取巧哦？表哥一直都在的呀。"

而今只剩下小由跟她两个人依然单身。自从跟高中时代的男朋友分手之后，小由一直没有着落。可是，她和杨立冬七年了。她心里不免存着一个大疙瘩，杨立冬有没有想过跟她结婚？他将来的人生会不会有她的一席之地？

她把指甲涂成了浅浅的杏色。这时，她听到伏特加汪汪的叫声，听到杨立冬回来的声音。她看看床头的钟，七点十分了，心里咕哝："不是说好六点半回来接我的吗？"

"我得挂了。"她跟妮妮说。

"替我恭喜鲸鱼哦。"妮妮在电话那一头说。

"得了。"她小心翼翼地放下话筒，用嘴吹干指甲油，把床头的伊兰伊兰香水喷到手腕上，两个手腕擦了擦，又用手腕把香水擦到耳背、脖子、胸口和膝盖后面凹下去的地方，把自己擦得香香的，然后拎起小皮包走出客厅。

杨立冬站在玄关那儿，拿着罐子，把罐子里的狗饼干一块一块抛给伏特加吃，伏特加兴奋地跳来跳去，用口接住他抛出来的饼干。她站到他和伏特加面前，眼睛里漾着光，微笑地问他："我这样穿好看吗？"

她喜欢这条飘逸的杜鹃红色的裙子，喜欢自己今天晚上看起来的样子，她站着、等着，期待他的赞美，可他只顾着跟伏特加玩。

"外面堵车呢，快点儿吧，又不是你嫁。"他看了看她，没好气地说。

她本来往上弯的嘴角僵住了，他没看到。这句话伤到她了，他没察觉。一瞬间，她眼睛黯淡了，心里有说不出的意兴阑珊，不光是对于去吃喜酒的意兴阑珊，也是对眼前这个男人、对生活中的一切意兴阑珊。

他把最后一块饼干抛给伏特加吃，对她说："走吧。"说完，他回过头去，发现伏特加已经比他早一步用身体堵住大门，不让他们丢下它。他使劲地把伏特加的屁股挪开，用一只手打开门，对她说："快走！"

她眼睛没看他，赶在他前面走出去。

鲸鱼的婚宴在酒店顶楼游泳池旁边的玻璃屋举行，玻璃屋里摆着六张桌子，四周放满香槟玫瑰，点起了大大小小的洋烛。夜晚烛光摇曳，头顶的一大片天窗透进来漫天闪亮的星光。要是她有个好心情，她会很享受这个像梦幻一样的晚上。为什么不呢？人世间的幸福不就是这样吗？嫁给相爱的人，承诺和他厮守到老。可惜，她的心情在她来到这里之前已经被打败了，她压根儿感觉不到幸福。这时，小由在她耳边恨恨地说："鲸鱼竟然用了我最喜欢的香槟玫瑰！我本来打算将来在我的婚礼上用的哦。我以前告诉过她，没想到她竟然先用了，太过分了。"

她听完，眼睛没看小由，只冷冷地回了句："等你能嫁出去再说呗。"

她这么说了之后，小由好一会儿都没说话，她也懒得转过头去看小由的脸色，她才不想跟任何人道歉。

整个晚上，杨立冬脸上一个劲地挂着微笑，好像完全没看出她在生气。她是个藏不住的人，喜乐爱恶全都写在脸上；而他，常常是一副无所谓的漫不经心的样子。她终于知道为什么他围棋下得那么好而她却不行，他藏得住。无论去哪里，他都是个受欢迎的人，大家都喜欢他。可谁又真的了解他？她渐渐明白这个她爱了七年，被不快乐的父母丢下、自小跟着祖父母生活的男人，早已习惯了孤独。她甚至觉得他不需要任何人。谁又能真正进入他的内心？他可曾让她进入他心中的那片内陆？

婚宴上，一双新人起身致词。鲸鱼表哥讲到两个人儿时的故事，顽皮的表哥曾经恶作剧地用胶水把表妹的屁股黏在一张小板凳上，害她哭了很久。许多年后，两个人长大了，爱上了，小时常常欺负表妹的表哥，变成永远保护她的人。鲸鱼眼睛一直望着表哥，先是咯咯大笑，然后又哭了。看到这一幕，她咬着牙，拼命憋住眼泪，鼻子却不由得发酸。她既感动也感伤。她是个多么差劲的人？那天为什么要取笑鲸鱼，问鲸鱼嫁给表姨妈的儿子是不是乱伦？她讨厌自己的尖酸刻薄和愤世嫉俗。她从来就不是一个温顺和容易相处的人，既是敏感脆弱的小狗，却也是伤人的刺猬。她偷看了一眼身边的小由，想跟小由说句话，话到嘴边却又吞了回去。

开车回家的路上，她一句话也没跟杨立冬说。车里一片沉默，她望着车外无边的黑夜，有那么一刻，她真想把所有的酸苦一股脑儿地朝他甩去。难道他没看出她在生气吗？难道他不知道她为什么生气吗？难道他要她首先开口说"我想结婚"吗？她开得了口吗？

回到家里，她径直走进房间。漫长的夜晚，她背朝着他睡。直到半夜，她才终于睡去。几个小时之后，她醒来，从窗子看到一抹天光。床的另一边空空的，杨立冬回医院去了。她起床走进厨房喝水，心里沉甸甸的。无论她走到哪里，伏特加都跟在她屁股后面，仿佛看出了她的悲伤。她坐在马桶上，伸手摸摸伏特加的头说：

"别老跟着我，我要上班呢。"

她说着，眼睛湿掉了。

这真是难熬的一天，回到画室，她成天像丢了魂魄似的，心中充满对杨立冬的怨愤，却又盼望着他打电话来。黄昏的时候，他终于打来了。

"我工作还没做完，要晚点儿回家，你自己先吃饭吧。"他说。没等他说完她就把电话挂了。

九点钟，她离开画室回到家里，把前天买的一块苦巧克力蛋糕吃掉，又喝了剩下的半瓶威士忌。蛋糕够苦的，威士忌也很烈。她扒掉身上的衣服，牙没刷，脸也没洗就把自己扔上床，脸埋进枕头睡了过去。

半夜里她头痛着醒来，转过头去看他，他脸朝着她，像个婴儿般曲着两条腿睡着，睡得很沉，眉头却是皱着的。他总是睡得那么安静，又那么孤独。她起床去刷牙，然后走进厨房，用水吞下两颗止痛药。吃了药，她挨着冰箱坐到冰凉的地板上，双手抱着两个膝盖，从厨房的玻璃窗看向夜空上的一轮淡月与对街房子零星的灯火。七年，够长的了，假使走下去也是没有结果的，该是时候离开了吗？她曾以为她跟人世间的幸福那么接近，可是，也许她错了。要是他爱她，他为什么没有爱她爱到想和她结婚？为什么即便是睡在她身边，他看上去总是那么孤独，仿佛他可以一个人过日子？

她看着窗外，那一轮淡月渐渐隐没。天亮了，她想起两星期前答应了今天下午陪母亲去做身体检查。她现在一点儿都不想去。

　　母亲的名字叫李婉君，一个多么温柔婉约的名字，却完全不像本人。她想不到有谁比她母亲更能轻易就把一个人的好心情彻底打败，然后又把这个人的坏心情变得更坏，坏到那个人都不想活了。李婉君女士就是一个很能把人逼疯的人。

　　离开诊所的时候，她对母亲咕哝："为什么不让爸爸陪你呢？"

　　"这是妇科诊所，里面全是女人，他来干吗？"母亲说。五十三岁的小个儿的母亲今天穿一件浅粉红色的外套，裹了条牛仔裤，一副青春焕发的样子。

　　母亲接着说："女人真不好做，又子宫又卵巢的，搞不好这两个地方还会长出肿瘤。"

　　她没好气地说："男人也有前列腺，人都不好做。"

　　两个人在街上走了一会儿，母亲说："我得吃点儿什么，我饿坏了。"

　　话刚说完，母亲看到前面有一家潮州面店，雀跃地说："我要吃鱼蛋面，很久没吃了。"

　　她无可奈何地跟着母亲走进面店去。小小的店面只有几个客人，一个瘦瘦的年轻女孩走过来问她们要吃点儿什么，她点了一碗鱼蛋面和一瓶冰可乐。

　　菜单上只有简简单单的几样东西，母亲看了很久也拿不定主意。瘦女孩皱着眉，干站着。

她催促母亲："快点儿吧，人家在等你。"

"鱼蛋面，呃，不，鱼蛋牛丸面，再来一份牛肉饼，你们的奶茶好喝不？另外给我一杯冰奶茶，不，冰的不好，热的好，热的吧。"

随后，她们点的东西端上来了。

"你刚刚为什么不做检查？你明年三十岁了，应该每年检查一次。"母亲说。

"死就死呗。"她不耐烦地说。她不需要母亲提醒才知道自己快三十岁了。

"死不可怕，就怕半死不活。"母亲说。

她没答话，在面里加一点儿辣椒油，闷头吃着。

"这个辣椒油很好吃哦，等下提醒我买一瓶给你弟弟。你最近有没有见过他？他一个人搬出去住，不知道习惯不。"

"我又不是他，我怎么知道他习惯不？你为什么不直接问他？"

母亲好奇的眼睛盯着她看了一会儿，问她："你今天干吗呢？谁惹你了？"

"我说错了吗？弟弟是你的心肝宝贝，你为什么不直接问他？从小到大，你都把最好的留给他。小时吃炒饭，他那一碗总是装得满满的，虾啦叉烧啦干贝啦，他分到最多，我那一碗全是鸡蛋和葱花，哦，当然还有饭，很多饭。"她呷了一口冰可乐，悻悻地说，“每次吃草莓蛋糕，草莓几乎都归他，我碟子里全都是奶油和蛋糕，我才没那么喜欢吃奶油。”

“你记性还真好。”母亲噘噘嘴。

她愈想愈气，接着说：“每次下雨，你也会带伞去车站接他，你可从来没接过我。”

“他比你小哦，我怕他被雨淋到。”

“我就不会被雨淋到？你以为我是防水的吗？”她没想到母亲居然还能说得那么理直气壮。

“哪有人是防水的？你弟弟小时身体不好嘛。他生下来只有两点四公斤，瘦得像只小麻雀。你不一样，你有三点六公斤，你可壮了，怎么都生不出来，最后还得剖腹产，我肚皮上还留着疤呢。”母亲抱怨说。

“他才不像小麻雀，什么麻雀会有两点四公斤？鸡都没这么重！”她讨厌母亲常常把当年生她的痛苦挂在嘴边，好像她是个专门折磨人的怪胎似的。难道是她想要三点六公斤的吗？是她想要来这个世界的吗？

“哎，你是在翻我的旧账吗？”母亲瞧着她，禁不住摇头苦笑。

母亲今天的心情似乎特别好，眼神甚至带着几分慈爱。真的太奇怪了。她得势不饶人，质问母亲：“我小时一直想养狗，你为什么不让我养？”

"你知道我对狗毛敏感嘛，喔，这个辣椒油好辣。"

"弟弟养猫就没问题？你对猫毛就不敏感？"

"拜托！那是龙猫，不是猫，是仓鼠。"母亲擤着鼻涕更正她。

"有差吗？都是动物！"她说。

母亲眼里依然漾着笑意，皱眉望着她，好像觉得她的样子很有趣似的。

她接着说："而且他养了两个月就不理了，是我帮他养下去。"

母亲喝了一口奶茶，不以为然地说："我不明白你为什么喜欢狗。"

"因为我爱一切弱小的东西。"伏特加一点儿都不弱小，可她偏要这样说。

"哎，你这副德性，哪个男人受得了你？"

"这话你说过了。我头一次带杨立冬回家吃饭你就当着他面说，所以我现在很少带他回来吃饭。"她气呼呼地说。

"我不记得我有这样说过。"母亲断然否认。

"可我记得。"她最恨母亲常常否认自己说过的话。就因为母亲当时在饭桌上说的这几句话，她在夜里气愤地哭过。她忘得了吗？

"那他就是上天送给你最好的礼物。"母亲悻悻地说，"你应该赶快跟他结婚，然后生个女儿，等你也做了妈妈，等有一天，你女儿也对你说你今天对我说的话，你就知道你今天说的话多么

伤人。"

"还是儿子好，妈妈都疼儿子。"她撇撇嘴冷笑一声。

"天哪！我怎么会生了一个这么记仇的女儿？你今天是故意找碴儿吗？"

"妈妈不都爱儿子吗？可惜，你最爱的那个也最让你失望。"她嘲讽地说。

母亲气得脸都发白，尖起嗓子说："你对我太不公平了。你对你爸爸可不是这样，你从来不会这样跟你爸爸说话。"

"因为爸爸不像你。你从不考虑别人的感受，你从来就不会迁就别人。你难道看不出来吗？爸爸一辈子都在迁就你，你太自私了。"她连珠炮似的把母亲数落了一番。这番话憋在她心里够久的了，她今天要痛痛快快地吐出来。儿时，当她弱小，母亲只要稍微有点儿不高兴就会朝她一巴掌甩过去，即便犯错的是弟弟，挨打的却是她。而今她长大了，再也不会害怕母亲突然甩她一巴掌。

她有恃无恐地望着母亲，嘴角差一点儿就要露出一抹胜利的微笑。就在这时，母亲看了她一眼，恼火地说："你看不过眼吗？他是我丈夫，他不迁就我迁就谁？"

出自母亲口里的这句话，瞬间伤到她了，虽不见刀刃，却彻底把她打败。她咬着唇，拼命憋住眼泪，在心里一遍又一遍跟自己说："不哭，我不哭。我不要在你面前哭，我说过我再也不要在你面前哭。"

天知道她多么想要像个孩子般狠狠地、大声地、不负责任地哭出来。

天已经黑了，她颓然走在回家的路上，心里说不出的懊悔。真不该在心情不好的日子跟母亲见面，这种结果难道不是显而易见的吗？每次和母亲吵架她都会败下阵来，只因为她是两个人之中更有感情的那个。可是，她今天一点儿都不想吵架，她只是在闹脾气，却看到母亲慈爱的眼神，就在那一瞬间，她被感动了，想要拐个弯撒娇，偏偏不懂得怎样去表达。她太傻了。她一向认为母亲很可悲，到底是谁更可悲？她为什么总想得到别人的爱？为什么渴望她所爱的人同样爱她，甚至比她爱的更多？杨立冬爱她吗？他根本不肯娶她。父亲爱她吗？她不了解父亲，她也不了解男人。

她想起两年前的一天晚上，她跟鲸鱼和小由在一家新开的西班牙小餐馆吃饭，菜很好吃，三个人喝了两瓶酒，结账后说着笑着走出来。就在这时，她看到父亲跟一个女人亲昵地走在对街的人行道上，那是个身材娇小的女人，穿一条秀气的黑色连衣裙，年纪看上去比父亲年轻，不会超过五十岁。她看到父亲和那个女人说话的时候时不时搂住她的肩膀，那个女人也甜蜜地把头挨向父亲。她害怕被父亲看到，慌忙拉着鲸鱼和小由往前跑。鲸鱼和小由根本不知道发生了什么事，只以为她喝醉了，傻傻地跟着她跑。为了这事，她有好几个月都借口说忙没有跟父亲吃饭。她生父亲的气。她怎么也没想到那么疼爱母亲的父亲竟然会有别的女人。两年了，她从没跟父亲提起这事，也不敢告诉母亲。她常常想起那天晚上的父亲，她从来就没见过这么神采飞扬的父亲，也没见过这么幸福的父亲，那是一个恋爱中的男人。难道父亲一直不快乐吗？她既生气也悲伤，为什么要相信爱情和婚姻呢？只因为害怕独自面对人生？

谁不害怕独自面对人生？她渐渐发现，就连父亲也是不可倚靠的，可她却总想倚靠一个人。从小到大，她是那样想要得到爱，就像勤劳的蚂蚁拼命储蓄粮食等到冬眠的时候慢慢享用、慢慢消磨，那才不会饿着，那才可以面对漫长的人生。可惜她并不是蚂蚁，想要爱想疯了，换来的却是失望与荒凉。

她伸手招了辆出租车，又回到那家卖鞋的小店。她咬咬牙把那天舍不得买的那双金色珠片坡跟凉鞋买走。回家的路上，拎着新买的鞋子，她以为她会快乐些，可她只觉着说不出的空虚。终于到家了，她掏出钥匙开门。厨房里亮着灯，伏特加跑上来，汪汪叫着扑到她身上跟她玩。

"你回来了？"杨立冬从厨房探出头来。

她没答话。

这时，短讯的铃声响起，她从皮包里找出手机看了看，是弟弟发给她的短讯。母亲告状告得还真快。

她口好渴，走进厨房倒了杯水。

厨房的小餐桌上摆着一盘凉拌小菠菜，一盘无花果色拉，一盘黑毛猪火腿和半个新鲜的小香瓜，在托斯卡纳带回来的橄榄木砧板上摆着一个胖胖的脆皮奶酪面包，旁边是一瓶意大利安吉地红酒，这酒他们上星期买了一箱。

"今天特地去文华买了你喜欢吃的脆皮面包。"他说。

"我吃过东西了。"她挨在水槽边喝水。

"吃一点儿吧。"他又说。

她疲累苦涩的眼睛望着他，好想把一肚子的酸楚统统告诉他，好想向他撒娇，好想搂着他大哭一场，好想向他投诉母亲对她不好，好想听他说几句安慰的话，听他说她虽然难以取悦却也是他最想取悦的人。可是，话到嘴边却换成了："有时我真想知道，我和你到底是什么关系？我是你的什么人？"

她这么说了，他却只说："快坐下来吃饭吧。"

一股泪意涌上喉头，她忍不住对他咆哮："七年了，你是真的不懂还是假的？为什么你一定要我说出来？你是要我说出口吗？你真的那么笨，不知道我想要什么吗？要是你真的那么笨，你就不是那个我爱了七年的人！要是你在装笨，你就更不是那个我爱了七年的人！"

　　她终于把心里的话说了出来。委屈、怨怼、恼火、失望……好像都有。她本来可以假装什么事也没发生，顺从地坐下来吃饭，用酒灌醉自己，跟他上床、欢好，明天一觉醒来，就像过去一样，如常地生活，可是，她办不到。她已经厌倦了等待和暗示。

　　"为什么我们不结婚？"她终究开了口。她曾以为她无论如何也不会开口。

　　她微颤的眼睛看向他，等着他回答。

　　须臾，他平静地说："你想结婚吗？你不后悔？"

　　"为什么会后悔？"

　　"我不知道。人总会后悔。"他说。

　　"结不结婚也不会后悔。"她顶回去。

　　他看向她，说："你了解婚姻吗？"

　　"谁又了解婚姻？我只想知道你是不是爱我爱到想和我结婚！"

　　"这两样有什么关系呢？"他说。

　　她冒火了，她不想听他诡辩。

　　"我不明白你在说什么。爱一个人难道不是无数次想到要和他结婚吗？哦哦，原来只有我一个人这么想，你从来就没这么想过。我懂了，你就是不想跟我结婚！你根本不爱我！"

"你可不可以冷静点儿说话？你别那么不讲理好不好？"他无可奈何地看着她。

"怎么变成我不讲理了？其实还有什么好说的？你说得够明白的了，我才没那么笨，我也不会装笨，你的意思就是你不要跟我结婚。"

他没再说下去。她泪花花的眼睛盯着他的眼睛，想从他眼里看出些什么。这七年来，他凡事都顺着她，可是，她突然明白，这一次不会了。在这个节骨眼上，他是不会退让的。

"不结就散了吧。"说完，她哭着走出厨房，走到大门那儿。伏特加看到她，连忙跑过去堵住大门。

"走开吧，伏特加。"她凄凉地说了句，抓起皮包，头也不回地下楼跑到街上。

她一直走一直走，穿过马路，越过一个又一个街区，从西摩道的家走到中环海边的码头。十一月了，很快就立冬，然后是圣诞。海的两边亮起了缤纷的圣诞灯，她孤零零地坐在码头边苦苦地啜泣。住校那几年，她睡在靠门的上铺，妮妮睡下铺，没有窗，她用画笔在墙上画了一扇窗。她有时会想，她到底想从窗子看到些什么？是天空吗？是远方的屋顶吗？是一束飘飞的绚烂的气球吗？抑或是一棵树，树上的叶子永不掉落？她一直在追逐，可她在追逐些什么？女人到底想要什么？无论她看起来想要什么，她想要的终归只有两样东西：很多的爱和很多的安全感。可是，她爱的那个人能够理解吗？

两年前，她遇到一个男人，经常来买画笔和颜料，画的画很美，很有才情。跟杨立冬完全不一样，比他矮一点儿，蜂蜜色的皮肤，蓬松的短鬈发，开朗活泼，多情而浪漫，去过很多国家，在威尼斯摆过摊子为游客画人像画，在夜晚佛罗伦萨的广场跟吉卜赛人一起卖过唱，去过妮妮和老王子住的小镇圣米尼托，在纽约认真地教过几年油画。他应该有许多风流韵事，也许在每个城市都有一个情人，永远不分手，却也永远不会长相厮守。他喜欢跟她聊天，偶尔拿起画笔在画板上露一手，想要迷倒她。他老是打探她有没有男朋友，也曾三番五次邀她一起去他去过的那些城市。他告诉她，他另一个家在荷兰的阿姆斯特丹，在那儿，他有一个偌大的画室。她看得出他喜欢她，她也确曾短暂迷上他，只要她愿意，她将会过另一种人生，一种跟现在不一样的、只有夏至而没有立冬的人生。杨立冬永远不知道，她曾幻想不一样的生活，她有过一个疯狂的念头想要出走，想要背叛他。可她终究没有这样做。

她离开了码头，在空荡荡的街道上漫无目的地走着，心中五味杂陈。多年来，她头一次审视她和杨立冬之间的关系，想想他为她而喜欢的一切：油画、意大利、麦面包、黑巧克力、新鲜的无花果、凉鞋与伏特加，还有很多很多。他以前从来没喜欢过狗，他是因为她而爱伏特加，母亲却从来不肯让她养狗。可悲的是，她发觉自己愈长愈像母亲，不是五官，而是眉梢眼角的神情愈来愈像。

多年前的那个冬夜，两个人窝在家里那张布沙发里，她挨着杨立冬，问他说："你说我长得像我妈妈吗？"

他认真地看了看她说："不像。"

"像爸爸？"

"也不像。"他又仔细看了她一遍，皱皱眉，然后说："唔，你长得像我。"

"啐！你想得美，我才不像你。"她咯咯大笑。

那些甜蜜的片段，那些琐碎的日子里琐碎的情话，那些耳鬓厮磨，又再一次袭回心头。她又为他喜欢过什么？好像没有。她喜欢的只有他。

回首往事，她心中升起了对他的一缕爱意。她翻了翻皮包里的东西，发现手机没带出来。她把手机留在家里了。他找过她吗？

她走进便利店打电话。

电话那一头接通了。

"是我。你睡了吗？"

"差不多了，什么事哦？"

她抿了抿嘴唇，用喑哑的声音说："那天很对不起。"

"寝室里六个人，嫁掉了四个，你知道为什么只剩下你和我吗？"小由问她说。

"为什么？"她怔了怔。

小由苦哈哈地叹了口气说："我和你两个都太不实际，太浪漫了。"

停了一会儿，小由说："我答应你，要是你首先嫁出去，我不恨你就是。"

她酸酸地笑了。

挂断电话，她从便利店走出来。夜晚有些凉了，她打给小由，只是想找个说话的人，许多话，却又说不出口。小由说得对，她太不实际，太浪漫了。她打从一开始就没想过要结婚，她只想要爱情，一种她认为无边无际的、至死不渝的爱情。她一点儿都不想要小孩子，她就是小孩子。要是有了小孩子，她只会像她母亲那样，是个失败的母亲。可她为什么突然又无可避免地从俗？是她觉着自己老了吗？她害怕了吗？多傻啊。她再一次想起十几岁的日子，学校寝室上铺她用画笔画在墙上的那一扇漂亮的窗子，她想从窗子看到什么？她想看到的，是属于人世间的温暖的星光。

城市里的圣诞灯渐渐熄灭了，她疲惫地走着，商场都已经关门，人行道旁的商店橱窗彻夜亮着光。一对小情侣手牵着手在时装店的圣诞橱窗前面嬉闹，一个穿着长风衣的漂亮的女人站在珠宝店橱窗前面抽着寂寞的香烟，不知道在等谁。

那个遥远的夜晚重返心头。她挨着他坐着，他逗她说，她不像母亲，也不像父亲，她长得像他。她笑了，甜甜地问他：

"你看我们下辈子还会再见吗？"

"不要了吧？这辈子还不够吗？你就放过我吧。"他苦着脸说。

她合上眼睛，双手合十，念念有词，然后，她再度张开眼睛，狡黠地笑笑："你死定了。我刚刚念了咒语，我们下辈子还要再见。"

"下辈子你是长这个样子才好，要是你长得像猪八戒，我掉头就跑。"他拧拧她的大耳朵说。

"你一直爱的不是我的灵魂吗？"她摸着两只大耳朵问他。

"你怎么这么笨？我爱的是你的肉体。"他笑吟吟地说。

"我也是哦。咱俩真是天生一对。"她说着笑着爬到他身上亲他。

他和她，下辈子还会相见吗？会不会跟这辈子的相遇一样，在下辈子的某个漫长的雨天，同样的两个人，在异乡？

未知的下辈子多么像异乡。

夜已阑珊，路上只有零散的灯火与几个路人，她又冷又累，就着星光与凄白的街灯走路。她知道，过几天她还是会主动打电话给母亲。她可怜的母亲永远不会变成另一个人，变成她心中所希望的那个人。但她是她的亲人，独一无二又可恨。她只能接受母亲所有的缺点，也将无可避免地遗传母亲的一些缺点：小虚荣、小妒忌、小尖酸、小悲伤、小神经……根本就是一个小疯子。

她蹒跚地回到他们的小公寓，刚才那股让她激动的情绪消散了。她掏出钥匙开门，听到伏特加隔着门汪汪地吠。门一开，伏特加兴奋地跳到她身上跟她玩，几乎把她扑倒在地上。杨立冬坐在门边的那张椅子里，眼睛红红的，手里拿着钥匙，脚上鞋子没脱。他肯定是出去找过她。她看看他，抿抿嘴唇没说话。

"伏特加，别这样，你好重哦。"她说着搂着伏特加暖洋洋的脑袋。

"你跑哪里去了？"他问她说。

她从他眼里看到了深深的爱意、慌乱与懊悔。

"我四处转转。"她喃喃说。

"饿了吗？吃饭吧。"他说。

"你还没吃吗？"她抬头看了看他。

"等你呢，菜都凉了。"

“那些本来就都是凉菜。”她说着走进厨房。

“我饿坏了。”她坐下来，用刀切面包。

他开了那瓶酒，坐到她对面。

她吃了一口面包，又吃了菠菜和无花果。

“菜没凉，倒是面包冷了，得再烤一烤。”她说。

“我们结婚吧。”他突然说。

她望着他。长久以来，她等的不就是这句话吗？她咬住面包的嘴微微发颤，说不出的感动与甜蜜。她为什么要怀疑他的爱？为什么总是一口咬定他爱她没她爱他那么深？她为什么总以为自己才是更懂得爱的那个人？又为什么要他娶她才相信他是爱她的呢？她真的那么想结婚吗？抑或她只是害怕独自面对人生？

“算了。”她说。

他不解地看着她：“我是说真的，我们结婚吧。”

“我说了算了。”她起身把面包拿到烤箱里烤，嘴角浮起一抹微笑。

“菠菜好吃，你吃些吧。”她再次坐下来，夹了些菠菜给他。

“你不是想结婚吗？”他被她弄糊涂了，以为她还在生他的气。

她喝着酒，看了看他，说：“虽然我说了算了，说不定我会后悔，我可以先占着吗？”

他吃了口菠菜，微笑，懒懒地说：“哎，好吧，只为你一个人

143

留着。"

"说好了哦。"她咧咧嘴，幸福地笑了。她这一刻突然不那么想结婚了，也许明天她会改变主意。管他呢！反正他说了只为她一个人留着，她要的不过就是这句话。

秋天到了，微凉的风常常带着树叶凋零的味道。九月底的早上下起了滂沱大雨，他开车送她到山上的小教堂。雨拍打着车窗，她看向窗外，说："这场雨看来会下一整天哦。"

过几天就是秋分，然后是寒露、霜降、立冬。过了小雪和大雪，就是冬至，这一天的白昼最短，夜晚最长。经过小寒和大寒，天寒到了极致，便是立春。一轮又一轮的节气轮回，如此循环往复，一阴一阳，此消彼长，岁月就是这么过的，人也是跟着岁月这么过日子。

他打亮转向灯，车子缓缓转上一条山路，在教堂前面的台阶停下。

"真的不用我陪你？"他问她。

她摇摇头："不了，你还要去参加婚礼呢。"

她动手帮他整了整衬衫的衣领，又吻了吻他的嘴唇。他咧嘴笑笑，那神情就像多年前他们初遇的那个遥远的夜晚，他接过她手里的咖啡。

"你等下顺路买点儿面包，伏特加的饼干也吃完了，也要买。"

她说着拍去沾在他衬衫上的狗毛。

"知道啦。"他点头说。

她走下车。教堂前面的台阶很长，雨水从台阶上涌下来，差点儿没过她脚上的鞋子。她打着伞小心翼翼地走上台阶。走了几步，她回过头来，看到他的车子停在台阶下面，等着她走进教堂。她在雨中朝他挥手，雨太大了，她看不清楚他是否也在朝她挥手，他又是否看得见她遥远而幸福的微笑？这时候，她看到车前灯一闪一闪的，然后一直亮着，于是她明白，他看到她在挥手，他也在朝她挥手，同样害怕她没看到。就在这一瞬间，她惊讶于自己爱他如此之深，她很想奔向他，不去葬礼，也不去婚礼了，她只想跟他回去。不管寒露、霜降、小寒、大寒，她只想跟他过漫长日子。

小教堂里坐满了哀伤的人，她坐在中间那一排长椅的一边，双手放在膝盖上，乌亮的眼睛时而望向拍打在玻璃窗上的雨。年轻的神父在圣坛上为亡者诵经，几只灰灰的小麻雀在神父诵经的时候飞了进来，扑扇着翅膀在教堂穹顶的小天使雕像那儿盘旋飞舞。

最近她又重拾画笔。前几天她终于完成了一幅向日葵，不是模仿梵高，而是她自己的。太久没有认真地画画，她的手都生疏

了。这七年来，她荒废了多少时间？她从来不相信自己可以很出色，她想要的，只是过一些懒洋洋的日子，然后像小孩子占着一盒爱吃的巧克力那样，死死地守住眼下的小幸福，生怕她小小的幸福被人抢走。这不就是她母亲的人生吗？她不是一直不想成为像她母亲那样的人吗？什么时候，她又走上了那条老路，以为安全感只能向别人索求，也以为唯有爱情和家庭是一个女人最值得拥抱的？杨立冬一向对工作充满热诚，对自己的要求也很高，他是怎么忍受得了她的懒散和不长进？无非都是爱。他只要她快乐就好，她却常常责备他没有去想他们的将来，指责他付出的没她付出的多。她是个多么自私又难以取悦的女人？却有一个人不厌其烦地取悦她。只要他在，她就永远不会是一个难以取悦的人。

窗外的雨不曾停歇，年轻的神父念完了葬礼的经文，走下圣坛。女孩们组成的唱诗班唱起了安魂曲。三个星期前的一个早上，她中学时的学兄通宵加班后开车送女儿上学，回去的路上，车子在高速公路超车时撞到一辆停在路肩的抛锚的大卡车，他可怜的身体瞬间断成两截。

灰灰的麻雀儿始终在教堂拱形穹顶的小天使雕像头上飞转盘旋，雨一直下着，就像多年以前她和杨立冬邂逅的那个下雨的十一月的夜晚。他们闯进彼此的生命的一刻，也是下着这样的雨。当时，他去的是葬礼，她去的是婚礼。今天，他去的是婚礼，她去的是葬礼。这一切难道只是巧合吗？所有巧合都不是偶然的。从相爱到死亡，要走过多少迂回的路？要经过多少个夏至与立冬？多少个雨季？多少笑声与泪水？两个人的故事是不是早已经写好了？七年前的那天，命运的小鸟拍着濡湿的翅膀冒雨把她叼着送到他面前，将他俩放在一块儿，是要他们一起走完这段漫长的路，直到繁花落尽，终老红尘。

人们站起了身，陆续走向祭坛，在死者的棺木上放上一朵白色的玫瑰花。她含泪摆好她的一朵玫瑰，悄悄离开了教堂。她暗恋过这位学兄，曾为了可以亲近他而加入他的剧社，甘心情愿做他的小跟班，成天在剧场里跑龙套，假装自己也热爱戏剧。可他从来就没有发现她这点儿心思。直到进了坟墓，他也不知道曾有一个女孩对他浮想联翩。年少时的情窦初开，若干年后早已云淡风轻，各有归宿。她唯独没有想过她没机会看到他变老的模样。那时她都没掉过眼泪，今天却为他哭了。

这些年来，她偶尔会想象杨立冬老了的样子，他的背驼了，两鬓斑白，再也不能把她抱起来，再也无法时时刻刻取悦她。他们就是这样彼此依偎着终老红尘。每当这一幕浮上心头，她心里

既甜蜜也难过。人世间所有的相守，不都有一种感伤吗？无论多
么相爱的两个人，终归要各自走上黄泉路，结不结婚都一样。一
切都不完美，每个人都有一箩筐的不圆满，但是，无论如何，他
俩将会在彼此身上老去，以任何一种形式，世俗或者非世俗的。

一场无人打扰、永不破灭的恋爱

文 / 李荷西

1

天知道事故是怎么发生的。不过是一瞬间的事，车子已经和对面驶过来的黑色高尔夫亲密地跳了个贴面舞。一阵并不刺耳却足够刺心的摩擦声之后，陆薇刹停了车，第一反应是闭上了眼睛。

那一刻，脑海里竟然出现了很多画面：一个小时前和朱雅茗一起吃饭时她的笑脸；两个小时前从家里出门前怎么也找不到车钥匙；三个小时前接的那个令她措手不及的电话。

一切都是注定的，她想，包括今晚的这场"车祸"。

对方司机是个男青年，下车后，他拍着脑袋对还呆坐在驾驶位的陆薇哭笑不得："小姐，马路这么宽，你为啥非要往中间挤？"

　　陆薇深深地吐出了一口气，下车道歉："对不起，我是新手。"

　　算起来，这是她第六次还是第七次开车。新车车身已经破了相，对方看了看自己的车，又看了看陆薇的车，说："打保险公司电话吧，然后走快赔。算你全责吧？"

　　陆薇忙不迭地点头："我的错，我全责。"

　　拍现场照片，打电话给保险公司，报警，留下自己的联系方式，一切都是在对方的建议之下进行的。

　　幸亏撞的是他，没有吵闹，没有纠缠，他的建议通通有效，且没有斤斤计较被莫名掠夺的宝贵时间。

　　回到家，已经很晚了。和程漾分手半年，她从来没有像现在这样想念他。

　　如果他在的话，应该会黑着脸骂她："你怎么这么笨？"不不，如果他在的话，才不会放心让她开车。如果他在的话，不管怎样，她绝对不会有这样的无助感。

　　原来她以为，单身的日子应该也没有什么大不了。她有养活自己的能力，有可以一起吃喝玩乐的朋友，有万一出事可以去医院陪护的闺蜜，有一个健康得可以提起十公斤大米上楼的身体，还有一颗对任何变故都无畏的心。

但那一刻，她的以为和她的拥有，并不能抵过独自一人面对"事故"的夜晚。

她躺在空荡荡的大床上，给朱雅茗打了个电话，她还在忙，不仅丝毫没有同情她，而且骂她蠢。之后她开始刷朋友圈，给每一个人点赞。陆薇很少发朋友圈，因为她从小就习惯并善于让自己处在一个舒服的不被关注的状态。坐公交车喜欢坐最后一排，聚会时总是窝在角落，KTV里从来没拿过话筒。

朋友圈里，朱雅茗最新发的一条是猫咪的照片，配文：在加班，宝宝一只猫在家等我到无眠。猫咪卧在沙发背上，墙壁上挂着的是一幅列维坦的《索科尔尼克的秋日》。

朱雅茗自称"猫一样的女人"，之所以养猫是因为猫爱干净，并且独立，如果她出差，十天内，只需要放足够的猫砂就好了，因为有猫用饮水机和定时喂食器。在陆薇看来，这些都是冠冕堂皇的理由，朱雅茗明明就是懒。相比于狗狗来说，对猫需要付出的时间并不太多，却有一样的陪伴。

最近越发是了。约会的男生不少，但关系若是走到需要维护的阶段，她就会懒得继续，逃走放弃。

陆薇慢热，且闷；朱雅茗热情、聒噪。一个像水，一个像火，却并没有水火不容，反而有些惺惺相惜。她们认识十几年了，关系好，对脾气，吵闹自然也有，但和好之后，还是好。两人分享青春期的所有叛逆、痛苦和小确幸，也分享成年后理想太丰满现实太骨感的无奈。

程漾出国临走时，朱雅茗比陆薇还不能接受。她跑到陆薇家，把陆薇往卧室一锁，拽着程漾去了阳台谈判。谈判内容，陆薇不得而知。但程漾走时，说过这么一句话："有朱雅茗在你身边，我好歹放心多了。"

程漾要走，陆薇跟不过去。当然，也许他们都不想在这件事情上多做一些努力。程漾不一定非要走，陆薇使使劲儿，也未必拿不下来签证。只是，每个人的人生都只有一次，若爱情成为梦想的羁绊，若厮守拦住了珍贵的机遇，那爱情和厮守以后也许会变了味道，两个人都被挂在后悔树上，被现实的风吹凉了不甘的心。

也许，对他们来说，爱情并没有重要到要放弃一切的地步。
就这一点上，陆薇觉得自己很能想得开。

送程漾走的那天，两个人抱着哭，他们共同的朋友也都被勾得泪水涟涟。只有朱雅茗在一边冷笑，还把他们的照片发上了朋友圈，配的文字是：在流行离开的世界里，这两只倒是很擅长告别。

陆薇看到时，眼睛已经哭肿了，但还是苦笑着点了个赞。朱雅茗曾经很愤怒地对陆薇说："我就是理解不了明明相爱的两个人，怎么就因为这点事分开。你不觉得你们忒矫情了吗？"

朱雅茗之前和郭北辰爱得死去活来，分手时伤筋断骨一般。郭北辰家庭小富，父母怎么都不接受家境一般的朱雅茗。朱雅茗无数次对郭北辰说过，自己并不强求婚姻，能在一起就很好了。但郭北辰却似乎更有压力，与棒打鸳鸯的父母斗智斗勇了两年，和朱雅茗谈恋爱越来越隐形，连两个人一起吃饭，也要对父母撒谎。有一次吃饭，当郭北辰在电话里烦躁地对他妈妈吼的时候，她在他脸上看到了极尽疲惫的表情。

大概就是在那一刻，朱雅茗第一次感觉到了一种蚀心焚骨般的心灰意冷。

那顿饭吃的是法式铁板烧，朱雅茗沉默地吃完了一份香煎小羊排、一份雪花牛舌和一份火焰冰淇淋，并微笑着接过了大厨变戏法似的递过来的一枝玫瑰，放在鼻下闻了闻，打了一个不那么明显的饱嗝之后，平静地对郭北辰说："我们分手吧。"

真正的放弃大概就是这样的，万籁俱寂。心中不是有什么东西死了，而是有什么东西活了过来。朱雅茗和郭北辰说过无数次分手，但只有那一次成功了。也对，有些事情，能打虚幌的时候是垂死的挣扎，打不了虚幌的时候，已然断气了。

　　朱雅茗之后就过起了单身贵族的日子。当然，"贵族"是她自封的，偶尔也会自嘲为"狗"。不管怎么样，虽然她确实有过一段令陆薇胆战心惊到半夜打电话问她是否还活着的日子，但后来，她一直过得不赖，健身、旅行、工作、发疯，越来越意气风发，神采飞扬。

2

　　也许是朱雅茗分手后的状态给了陆薇鼓励，所以她在分手的时候也没有那么害怕，甚至略有些兴奋。人就是这样的动物，处在一个状态久了，会莫名渴望新的际遇，哪怕是将原有的美好打破。

　　说起来，她和程漾倒是频率相当的同一类人。

　　程漾是工科生，后来去读了 MBA，从事市场分析工作。他是双子座，爱好广泛，什么都略懂一二。身体里大概有一颗不安分的心，所以放着好好的工程师不做，跑去读 MBA，做市场。一有假期就爱出去玩，短假就短游，长假就远游。他的人生志向是，多走不同的路，多认识不一样的人，多吃没吃过的美食，多看没看过的风景。

　　公司外派程漾去新加坡开发新市场，他没有和陆薇商量就答应了下来。

也许是太了解他，又不舍得为难他，陆薇知道的时候，心是凉的，可还是抱住他用很开心的语气说："太好了，恭喜你。什么时候能回来？"

"不知道。也许一年，也许两年……"程漾的语气里似乎并没有离别的伤感，只有怕陆薇反对的小心翼翼。

伤感是在出发前的那一个月渐渐袭来的。程漾开始中午回家吃饭，有时陆薇做，有时他带点她爱吃的回去。下班后就回家，扯着陆薇到处逛，买礼物给她。周末到哪儿都要带着陆薇，眼睛看向她时，大概有愧疚。

爱情没有走到末路的分开，令闻者唏嘘，但正在进行分手倒计时的两个人，那种无奈，却只能伪装成洒脱。

那天，陆薇正坐在电脑前忙着上架新品，他在收拾行李，忽然喊她："宝宝，你还是留回长发吧，我找到了你丢的水钻发圈。"

这一声"宝宝"让陆薇痛彻心扉，在可以预见的失去面前，她大哭了一场。水钻发圈握在手里，硬硬地刺着掌心，程漾抱着她，嘴里不断地重复着"对不起"。

那个水钻发圈，是程漾送的。陆薇那时头发长，总披着。在外面玩时，天太热，她总是一手掀起头发，一手扇风。程漾笨拙地把发圈束到她头发上时，他凉凉的手指触到她的脖子，那一刻的清凉，沁人心脾。

太多的小物件见证了他们在一起时的美好，可最后只能被收在一个纸箱子里束之高阁，与回忆一起蒙了尘。

分手的话一次又一次地被搁浅在舌尖，最后终于咆哮而出。

陆薇怎么不懂，他在等她先提。也许这于他而言，是对她最后的尊重。

还记得后来陆薇对朱雅茗这样解释的时候，朱雅茗呵呵冷笑着，一点也不委婉地说："这明明就是自私和懦弱，哪是什么尊重！"

陆薇对朱雅茗的犀利，向来只是微微一笑。但那次，她跟她吵了个底儿朝天。最后朱雅茗抱着她说："好了好了，是我错了。如果这么认为让你舒服一点，你就这样想吧。"

必须接受客观存在的人生已经够艰难，所以在主观世界里，陆薇只想选择性地相信。

3

陆薇经营一家淘宝店，卖手绘手机壳。她自己做好图案，发工厂，在店铺上架，有订单的话工厂代发货。开店是程漾提议的，他们刚在一起的时候，程漾的手机壳有些磨损，陆薇便在磨损的手机壳上画了一个还原度很高又带了点俏皮的 Wall-E。

他们一起看的第一场电影是《机器人瓦力》。在黑黢黢的影院内，他的手裹住她的手，一直没放开。

程漾对手机壳上的 Wall-E 喜欢得不得了，说陆薇是宝藏一样的女孩子，在一起的时间越久，越能看到她的光芒。

陆薇当时在一家广告公司做设计，总是加班，又因为是新人，总被刁难抢走功劳。一次加班到凌晨四点后，回到家眼皮刚合上，又接到改方案的电话。陆薇疲惫地从床上爬起来，被程漾一把拽住摁在床上："今天不去了，行吗？你这么累我看不下去。大不了辞职，我养你！"

陆薇心里甜甜的，却还是开始换衣服。程漾气得拿起她的手机就打电话替她把工作辞了，自己也请了一天假，在家守着她入眠。

她曾经被他那样爱过，所以，她之后从未对他有过埋怨。就算他要离开，她也不舍得求他放弃。

辞职之后，程漾便提议她开个淘宝店，卖自己手绘的手机壳，这倒是个好主意。

店开了两年，生意越来越好。偶尔也会上"小而美"的榜单被推荐，忙不过来，陆薇便招了个客服。

客服是一个叫叶叶的女孩，她腿脚有些不利索，每天只能在家里窝着。除了做客服，她偶尔也会写点挺玛丽苏的小说。在这之前，她们是网友。陆薇之前招聘了不少客服，但都做不长久，或者脾气比客人还火暴。有了叶叶帮忙，店铺好评率很高，回头客也很多，陆薇很放心。

叶叶和奶奶住在市中心一栋有着几十年房龄的自建房里。那地方寸土寸金，暂时还没有开发商能付得起拆迁费，所以老街坊们就那么住着或者租出去，等着拆迁和拆迁也许会带来的人生巨变。

陆薇去看过叶叶，那天，正是立秋，外墙斑驳的二层小楼外面盛放着夜来香。迷你的院子里，叶叶的奶奶养了两只老母鸡，还种了几棵丝瓜。瓜秧攀延在墙头，几个老丝瓜正挺着饱满的肚皮结籽儿。

奶奶很慈祥，倒完水又削苹果，嘘寒问暖拉着陆薇问个不停。叶叶倒是静静的，笑得很腼腆。

叶叶的腿使不上力气，走路只能慢慢地挪。父母离婚后各自成家，有了叶叶并不相熟的弟弟妹妹，只留奶奶在老房子里照顾她。叶叶的青春期，是在这里度过的，好在有网络，有好看的电影、电视剧和书，还有很多没有见过面却每天可以说话的网友，因此，她并不寂寞。

叶叶在网络里很热情。刚认识时，她每天都会对陆薇说些"姐姐早啊"和"姐姐晚安"之类的话。

也许网络就是宅女叶叶的整个世界，她珍惜她所遇到的每一个可以说上话的朋友。

陆薇喜欢叶叶，特别是在看到她后，只一眼，就确定自己会像信任朱雅茗那样信任她。她的眸子多亮多纯净啊，那里面没有陆薇所见惯的包括自己也有的浮躁，看她笑，像是看一本没有什么情节的书，但心会静下来。心底最柔软的地方被碰触到，会想变得温柔，对她，对这个世界，也对自己。

撞车那天，陆薇接的那个让她措手不及的电话，是叶叶打来的。

叶叶说网店被封店降权一个月，是她不好，帮一个朋友信用卡套现，被发现。

封店一个月，对任何网店来说，都是一场剧烈到非死即伤的事故。

陆薇说不出什么责备叶叶的话，但整个人都蒙了，像是掉进

159

了冰窟窿。刚刚做好的一批手机壳，也许要烂在厂里了。

心情不好的时候，就不应该开车。开车的时候，就不能想不开心的事。可那个晚上，陆薇如果不出门和朱雅茗见面说说话，整个人都会被憋疯。

朱雅茗倒觉得封店没什么，刚好有时间可以去旅行，说不定还能来一场艳遇。程漾都离开那么久了，她也该开启爱情的新篇章了。

朱雅茗去上海出差刚回来，给陆薇带了条丝巾，蓝地儿梅花，素却好看，很衬陆薇的白皙皮肤。

原本心情也好多了，陆薇计划着和朱雅茗一起去泡吧或者看场电影，然后载她回自己家，来个秉烛夜谈。可朱雅茗忽然接到老板的电话，急匆匆地跑了，刚刚爬出冰窟窿的陆薇，只好继续失落地坐在了雪地上，心里拔凉拔凉的。

然后就出了"车祸"。简直就像是注定的，躲避不过。

"挺尸"了好一会儿，陆薇爬起来上网，认真地读了淘宝网发过来的通知。他们真有意思啊，开头还用"亲爱的用户"，简直就是微笑着捅你一刀。

又查了很久如何解封的攻略，看了又看，觉得自己实在是精力财力双缺，还是算了。

朱雅茗说得对，一个月不做生意，天不会塌下来，她陆薇也不至于没饭吃。不如就由它去了。多久了，她每天都在为琐碎的事情忙碌，从未有过假期。也好，就当给自己放个假。

QQ 上，叶叶也没睡。QQ 签名写着："人有时就是被自己蠢死的。"显然，她也很后悔懊丧。

陆薇发了一条消息安慰她："事情已经发生了，别多想，我们就当给自己放了一个月的假。如果实在热爱工作，就将功补过帮我开个微店，能卖点就卖点吧。"

叶叶发过来一个大哭的表情。

陆薇发过去一个抱抱的表情。

心里舒服多了，凌晨三点半，陆薇终于睡着了。

4

和对方司机约的早上十点在快赔中心见。陆薇掐着点儿到的，对方已经在那儿等了。

驾驶证上他的名字叫郑小明。陆薇开玩笑说："俄罗斯有很多伊万，德国有很多汉斯，中国有很多小明。"

郑小明听完笑得前仰后合，直说有意思，没想到美女还会开玩笑。看昨天她的表情，还以为是走高冷路线的呢。

陆薇虽然不太喜欢男人说话就带"美女"二字，但郑小明长得好看，所以，也就不那么反感了。

办好理赔，车子要定点维修，两人便一前一后地把车子送到汽修厂。之后，一起站在汽修厂门口打车。

车并不好打，又到了饭点儿。郑小明说："也算是碰撞出来的缘分，干脆一块儿吃个饭吧。"

陆薇点点头，笑着说好。她耽误了他的时间，请顿饭也应该。

等餐的时候，郑小明侃侃而谈："我这个人就爱交朋友，男女老少能说得上话的，都能聊上半天。我出差坐火车，就爱跟人聊天。有的聊着聊着，就觉得相见恨晚，有的聊着聊着，聊瞎了，就去铺上睡觉。交朋友好啊，多个朋友路好走嘛。现在不管男女老少，人人都拿着手机看个不停，其实人与人之间的交流还是面对面最好。"

陆薇有点不好意思，不再刷朋友圈，把手机搁在了一边，对他笑笑。

"对呀，这样多好，你的眼睛那么漂亮，不该只低头看手机。"明明带点油嘴滑舌的恭维，可也许太久没听到这种话了，陆薇又笑了。

"你做什么工作？"郑小明一边拿起她面前的杯盘，用茶水洗了，一边问。

"开网店，但是现在店被封了。"

"什么情况？"

"客服操作不当，淘宝网认定属于违规，要封掉一个月。"

"这样啊，我有一个朋友在淘宝网做小二，看看能不能帮忙。"他很热忱。

"不用，不用。"陆薇连连摆手，她已经算是欠他了，可不想再欠。

"我打个电话问一下。"他起身，出门，打电话。陆薇望着他的背影有些发怔。他穿一件蓝色带暗花的衬衫，头发染成了栗色，就算是背影，也是时髦的，看上去有些……闷骚。

两分钟后，他回来了，落座的时候，朝陆薇遗憾地一笑："他没什么权限，很抱歉帮不上忙。"

陆薇再次摆手："真的，没事的。不管怎么样，都谢谢你。再说，我可以好好休息一个月了，正好可以出去玩，我已经很久没有旅行了。"

她对他的热心十分感激，恨不得去安慰他了。

"嗯，任何事都是两面的。没有什么好事坏事之说，来了就面对，放宽心。你想去哪儿玩？"

"我还没想好。"陆薇搅着汤，因为他的热忱，她有些不好意思，但她确实没有计划。也许是想去的地方太多了，竟一时说不出一个最想去的地方。

"我刚好也要休年假，想到了去哪儿玩，可以喊我一起。"

菜上来了，冒着热气的山药排骨锅仔，让陆薇眼前一片微茫。不知道郑小明有没有看到她眼中的讶异。她真的很好奇，他对所有的陌生人都这样热络吗？

但她没问，只是一贯好脾气地点头说："好。"

5

习惯了忙碌的人，一旦闲下来，就觉得无所适从。

陆薇不知道该做些什么。她去看了叶叶，在书吧消磨掉一个下午的时间，又连看了两场电影。从影院出来的时候，天已经黑透了。她有些失落，并且不知道这失落感从何而来。

不，也许是寂寞。寂寞这头兽也许一直都在，只是在她闲下来时张开了血盆大口，慢慢地试图将她吞噬。

　　一整天，去看叶叶的路上，从叶叶家出来的路上，在书吧里的时光，在影院里候场的时候，她都是恍惚的。她像以前一样刷着朋友圈，怕手机的电用完，一直插着移动电源。她不断地抬头，看看四周，自己也没意识到，其实她在期待能遇到什么人。

　　可以是以前工作时的同事，可以是同在这座城市的老同学，可以是程漾的朋友们，可以是合作工厂的什么人，甚至可以是刚认识的郑小明，任谁都好。

　　渴望遇到一个人的街道，最寂寞。像是被自己很"可怜"的真相吓到，陆薇连叹息的声音都很轻。

　　叶叶说，她爱上了一个人。那个让她帮忙信用卡套现的男生。他们也是纯粹的没有见过的网友。她对他的喜欢，超过了对一切的喜欢。叶叶给陆薇看那个男生的照片，他长了一张很可爱的脸，并且很潮，总是在旅行，或者和朋友聚会。他的朋友圈，精彩到让人艳羡。

　　无法想象一个这样潇洒过活的人，竟然为了区区两千块钱而进行信用卡套现，并且早已不是第一次，叶叶帮过他很多次，终于被发现。

　　"只是暗恋，每天聊几句。他什么也不知道，我也不会表白。"

叶叶说这些时脸上的红晕醉人。

这样一段无望的爱情，陆薇不知道如何发表意见。对大多数人来说，"体验感"弥足珍贵，而对叶叶，尤其如此。

"我这个样子，一定会被拒绝的吧。"叶叶的脸更红了一些，陆薇有些心疼。

谁都会遇到爱情的，也会有被辜负的危险，她想，但话到嘴边却成了安慰："瞎说，你这么可爱，这么好……"

叶叶也是寂寞的吧。世界上有一千个人，就有一千种不同的寂寞。

回到家，她看到微信里有了个新好友请求。郑小明的头像是张黑白硬照，头发梳得一丝不苟，白衬衫黑西裤，站在一张办公桌前，双臂交握，一副成功人士青年才俊的样子。

"嗨，"他率先发来一个笑脸，"想好了去哪儿玩了吗？"
"还没有。"陆薇开始翻看他的朋友圈。

"我想到一个好地方。"他说，"一起去？"
"哪里？"

"一个还未开发的小镇，风景很美，主要是人少。我有个朋友在那儿开了一个度假村，我准备过去看看。"

他发来了几张照片。从照片上看，那地方有山有水，有年代久远的建筑，有质朴孩童红彤彤的笑脸，有汲水的妇人佝偻着背，有皱纹纵横的老人抽着旱烟，陆薇确实有些神往了。

"好啊。"她发过去。竟然就这么同意了和他一起出行。

在对话以"晚安"结束后，陆薇去洗手间洗漱时，看到自己沾了牙膏泡沫的嘴角上那一抹上扬，还有月牙般弯弯的笑眼，她呆了一呆，这是怎么了？她从来都是个小心翼翼的人啊。

躺在床上，陆薇又开始翻看郑小明的朋友圈。

他喜欢发一些美食的图片，自己做的，还附教程，偶尔推荐书和电影，有朋友聚会大合照，还有一些健身房的图片，骑动感单车或者跑步。

她非常喜欢其中一条的文字描述，虽然那只是一段科普。

Runner's High：跑步者的high点。当运动量超过某一阶段时，体内会分泌内啡肽。长时间、连续性的、中重量级的运动、深呼吸是分泌内啡肽的条件。长时间运动把肌肉里的糖原用尽，只剩下氧气，内啡肽便会分泌出来。平常，内啡肽多在恋爱中产生。

从这个角度来说，跑步就是和自己的身体在谈恋爱。

Runner's High，她默默地重复着这个词，点了个赞。

再往下拉，今年的情人节他发了一张爱情电影的剧照，男女主人公热烈地拥吻，文字配的是：单身狗受到了一万点的伤害。

结论出来了，他应该是个热爱生活的人，起码朋友圈里看起来是。美食、锻炼、电影、旅行、单身，这些是属于他的关键词。

6

出发定在三天后，在这之前，陆薇去做了头发，买了新衫。以一种她自己也不愿意承认的方式，期待着这次旅行，和一个陌生人。

陪她买衣服的朱雅茗说："你疯了，和根本不怎么认识的人去陌生的地方，万一他把你卖了怎么办？"

陆薇便报出了郑小明的电话号码，交代朱雅茗："万一我回不来，你就报警吧。"

朱雅茗说："有病。以前怎么没发现，你这么奔放呢！"

陆薇笑呵呵的："青春都快过完了，我还没恣意过呢！"

朱雅茗愣了愣，无奈又心疼地说她："你就是太乖了啊，可怜的娃。"

然后她拽着陆薇去买了一个带 GPS 定位功能的智能手环，一脸放你去飞的忧心忡忡，把表戴在她的手腕上："防水的，洗澡的时候也不许摘！好好玩，开心点。害怕的话，我就请假陪你。或者你随时可以给我打电话，我飞奔去救你。"

陆薇很听话地点点头，她觉得自己确实疯了，像是有一个陌生的灵魂住进了自己的身体里，强势又迅速地赋予了她陌生的渴望。

分别后，已经华灯初上。路被披上霓虹的锦带，陆薇慢悠悠地走在锦带之间，此刻，不一样的心境，让她雀跃中也带点恐慌。

会很好的，她不断地这样想。

收拾行李时，她犹豫再三，带上了床头柜里与程漾在一起时剩下的半盒冈本。

第二天，陆薇和郑小明约在了汽车站。他们坐大巴出发，行程并不远，只需要三四个小时。在车上，陆薇问郑小明做什么工作的。他拿出手机，给她看照片，是几张她分辨不清是什么的细胞图。

郑小明笑问："猜猜这是什么？"

陆薇摇摇头。

"是煤。"

陆薇讶异。

"其实，这些分子是形成煤的植物。把煤磨成薄片，在透射光下，可以看到植物的细胞结构。"

"哇！"陆薇惊叹地仔细看那些照片，"什么植物可以形成煤？"

"煤的形成需要千百万年。你看到的这些照片是来自千百万年前的古植物遗骸。具体是什么植物，我也说不清楚，也许蕨类和乔木多一些。"

陆薇点头，不由得感慨："世界真奇妙，就算被时间加工得面目全非，可总能看到初始时最本真的模样。"

郑小明笑："嗯，很有感触。"他把名片递给她，"我就是个挖煤的。"

陆薇把名片仔仔细细地看了几遍，收进了包里。

郑小明一直在矿业工作。前年才从德国回来，但他只在德国待过一年。他说起德国的冬天，说那里的雪很厚，但又美又清冷。

海涅曾经写过一首诗《德国，一个冬天的童话》。

"风把树叶摘落，我走上德国的旅途。"他用德语把这句诗读了出来，又用中文说了一遍，有故意耍帅之嫌。

陆薇沉默了一会儿问："你出国前有女朋友吗？"

"嗯，有。"他说。

"因为出国分手的吗？"

"不算吧。我出去时，我们已经订婚了。我们谈了六年，大学开始的。她人特别好，什么都支持我，就是有点黏人。出国时我想让她辞了工作跟我去，但是她刚好有一个晋升的机会，所以就算了。那个时候，我从没有想过她会爱上别人。你看我，长得也不赖，家庭条件也OK，我们各方面条件都相当，并且真的有过爱得要死要活的时候。我总想，什么都不能把我们分开，不过是异地一段时间，怕什么呢？我在德国那一年，其实也很快乐，并且没有太想她。也许是我们在一起的时间太长了，所以都有点珍惜独自生活的时间，她应该也没有太想我。虽然我们每天都打电话，但说得越来越少。后来有一天，她跟我提出分手，说爱上了别人。"

说到这里，郑小明停住了，他的表情是平静的，但陆薇似乎可以感觉到他的毛孔在张大和紧缩。

"然后呢？"她忍不住问。

"然后我们就分手了，我不怪她。她一直都是个挺有魅力的女人，有容易被人爱上的能力。也许是因为我一直在她身边，所以她无暇顾及别的热切的目光。可等我不在了，她就发现，有那么多比我更优秀的男人在等着她爱上呢。麻烦的是，我们已经订婚了，当时给了她点彩礼。我父母气愤得不行，非要要回来。但她父母觉得我也有责任，所以闹了很长时间。"他的嘴角似乎有了一点苦笑。

"那要回来了吗？"

"她父母不愿意掏钱，她自己的钱也不够。后来我把我的钱也给了她，凑了凑，让她还给了我父母。然后，我们就彻底结束了。"

陆薇望着窗外，若有所思。隔了好一会儿，她又问："你们现在还联系吗？"

"不怎么联系。不过知道她的近况，不是有朋友圈吗？她又订婚了，前几天晒了婚纱照。"

陆薇沉默了。程漾也在她的微信好友里，但是她屏蔽了他的朋友圈。她不想看他晒每日日常，他也真的很爱晒。看到一只小猫卧在青草上也要发出来的那种。她不想看到他在离开自己后，

一 场 无 人 打 扰 、永 不 破 灭 的 恋 爱

依然过得那样精彩，也不想看到他偶尔的感悟，或者积极或者失意，已经与自己无关。

"说说你吧。"郑小明恢复了平日里的热情口吻。

"我前男友去了新加坡，出国前我们和平分手。"陆薇一笔带过。

"哈，竟然也是因为出国？不过，青春短暂，异地恋并不好过，分手是长痛不如短痛的最好方法。"他点评道。

两个人不再聊天，各自缅怀了一会儿前任。下车前，陆薇还是问了："为什么邀请我和你一块儿旅行？

"因为你全身上下都写着'我需要有人陪'。"他半开玩笑地说。

"你阅人无数啊。"陆薇也笑。

"没有，我不是对每个女孩子都这样。"他为自己辩白。

"你不是坏人吧？我闺蜜怕你会把我卖掉。"

"哈哈哈。"他笑得很大声，"她说对了，我会把你送进山沟里，嫁给一个老光棍儿，生一串熊孩子。"

"别吓我啊。"陆薇推他。

"是真的，你现在后悔还来得及。"他一本正经地说。

陆薇笑起来。

7

下了大巴，他们要打车去小镇。出租车司机要价 300 块，郑小明说贵，问了好几辆，最终讲价讲到了 180 块。

小镇终于到了，陆薇隔着车窗拍了一张照片，给朱雅茗发了过去。

"很一般啊，什么破烂地方啊。"朱雅茗很快回复道。

度假村在一个山脚下，车子走环山路，山上长满了葱翠绿植，行走时有一种随时被山压下来的逼仄感。山路不宽，陆薇的心脏似乎也被压迫出了隐隐的不安。

嘀嘀嘀，对面响起车鸣声。

嘀嘀嘀，两车错过时，司机师傅回应了一声。

"这是他们在打招呼。"郑小明解释，"嘀嘀嘀，你好，借道。嘀嘀嘀，再见，平安。"

"你怎么知道？"陆薇问。

"确实是这个意思。"司机师傅替郑小明作了回答。

终于到了。连续坐车，让陆薇胃里不适。但度假村别具匠心的设计却让山水像是入了画一般，有些世外桃源的意思。路过一方池塘，塘里接天莲叶，还开有紫色的荷花。花苞更是绰约动人，隐隐像含苞待放的爱情。

开房间时，接待员问："请问你们要几间房？蜜月套房现在特价。"

"两间。"陆薇连忙说。

郑小明问："你们张老板在吗？"

"老板和家人出国度假了，不在。"

"唔，好吧，还想找他打个折呢。"

陆薇连忙掏钱包，坚持付了自己的房费。

去木屋的路上，她问郑小明："你和这里的老板是怎么认识的？"

"在火车上认识的，聊得还行，就留了微信。平时看他发度假村的照片，看着不错，就一直想过来看看。"

原来，这里的老板也和她一样，与他只是见过一面的泛泛之交啊。浅性社交已经这么流行了吗？"朋友"这个定义，只需要

他活在自己的微信朋友圈就 OK 了吗？陆薇莫名有些失望。

进房间放好行李，两人便去吃饭。郑小明介绍说这边最好吃的是鸭子。度假村附近只有一个农家乐，但全鸭宴味道确实不错。陆薇安静地吃着。

成熟的男人不会提出"感觉你好像有些不高兴"这样的问题。郑小明当然也没问，他没有刻意殷勤地夹菜，也没有刻意高兴地再多说什么，只在陆薇放下碗筷的时候说："累了的话，就早点休息吧。"

陆薇自然没有那么早入眠。她住的木屋，从阳台上可以看到一小片天空，也可以看到郑小明房间里的灯光。他的房间里有体育频道的解说声传来。

和朱雅茗在微信上聊了很久，实况报告。临睡前，她觉得自己的情绪也许有些太过放大了，既来之则安之，便主动发了条微信给郑小明："明天怎么安排？"

他很快回复了："想去水上漂流吗？"

"好啊。"陆薇回。

"那我给前台打电话安排车子。"

"嗯，晚安。"

第二天，他们驱车去了附近的一个峡谷。据说那里的漂流道有一段长达四百米，有二百多米的落差，非常刺激惊险。

两人全副武装地坐在了橡皮艇上，松涛阵阵，浪花朵朵，十分宜人。为了保证安全，郑小明请了个经验丰富的划艇师傅，一路前行，两人被水和波光打溅得浑身湿透又神采奕奕。

一个大浪打来时，坐在陆薇对面的郑小明一把捉住陆薇的手，太喧嚣了，不管是外在的世界还是内心的宇宙，陆薇没有听到郑小明说了什么，但他的嘴巴翕动间表达的意思应该是：别怕，有我在。

那一刻，陆薇似乎看到心头枯败的枝丫回了春，有嫩芽蠢蠢欲动。

从橡皮艇上下来的时候，郑小明也没有放开陆薇的手。陆薇抽了抽，他就紧了紧。如是三番，陆薇的心跳得很快，像是马上要被揭开什么讳莫如深的秘密。

换好衣服走到车子那边，他拿出从酒店里带出来的大浴巾，给陆薇擦头发。只有一条，她用完了，他才用，并且一点不嫌弃。

他擦头发扬起的手，似乎也在陆薇心头的枝丫上用了力，嫩芽渐次舒展出了叶片。

回程的车上，陆薇一直笑，一半是愉悦，一半是掩饰紧张。

回到度假村，有一家公司在做拓展训练。陆薇停住脚步，站在一边看了会儿。激烈的团队活动大概已经结束，十几个年轻人站成一排，被培训师声情并茂的总结感动得潸然泪下。

离开时，陆薇对郑小明说，她以前在广告公司上班的时候，也做过一次拓展训练。印象最深的一次活动叫"坎坷人生路"。两个人一组，一个人被蒙上眼睛，一个人不许说话，一起完成事先安排好的任务。他们相携着穿过了荆棘密布的障碍，翻过沙堆，蹚过溪流，走过独木桥，下了楼梯，甚至还攀了一小段岩壁。她看不到，但能感觉到他。她被他牵着手，扶着胳膊，抬起脚，把她背在背上。他帮她梳理过一绺被汗水凝住的额发，还把水送到她的嘴边给她喝。那几个小时的共进退，她感觉到他给她的安全感和默契。等她可以摘掉眼罩的时候，却再也找不到这个人了。

"我始终不知道他是谁。我摸过他的脸，他的耳朵，他的头发，可就是没找到他。培训师后来说，因为我的合作伙伴临时离队，就喊了他的一个朋友来跟我搭档。在任务结束后，他便离开了。"

郑小明说："那你觉得你会再遇见他吗？"

"我不知道。"

"如果你使劲儿想使劲儿想，也许会遇见。"

"哈哈，我使劲儿想我买彩票能中 500 万，能中吗？"

"中 500 万的概率太小，但是想找到一个人，成功的概率会高出很多。你可以找到你的培训师，要到他那个朋友的联系方式啊。"

"可是我连培训师的联系方式都没有。"

"恰巧我有。"郑小明扬扬得意。

"你怎么会有？"

郑小明说："恰巧我就有过一次这样的经历。我有一个培训师朋友，对，我们同住一个酒店的时候认识的。那天，我百无聊赖，他的团队里有一个员工请假，于是我就做了临时的替补。恰巧那次，我和一个女孩做的就是'瞎子哑巴'这个游戏。"

"别骗我了。"陆薇越发觉得匪夷所思。

"恰巧我是个'哑巴'，但可以看到'瞎子'的脸。我对她左脸颊上的那颗痣记忆深刻。她说话的声音和停顿也很有特点。恰巧她佩戴的名牌上，名字也叫陆薇。"

"你不是开玩笑？"陆薇的眼睛已经睁到和嘴巴一样大。

"那你看看，是不是他？"郑小明打开手机，给她看培训师的照片。确认的那一刻，陆薇呆了。

"我跟你说了，我不是对所有的女孩都这样的。撞车那天，我就认出你来了。"郑小明似乎更得意了。

"这……这是缘分吗？"陆薇顿时觉得大脑一片混乱，冒出这么一句话。

"当然了。你若还是不信，就闭上眼睛摸摸我的脸，我的头发，我的耳朵……"

"还是……不用了。"陆薇伸出了手，又放下，脑海里全是"天哪，天哪"的惊叹。

晚上，他们在度假村里用餐。吃完饭，外面在放露天电影。是约瑟夫的《和莎莫的500天》。陆薇心猿意马地看了一会儿，手臂和小腿都被蚊子叮了，不停地抓。郑小明悄悄离座了一会儿，回来时带了一瓶清凉油。陆薇抹了，腿上凉凉辣辣的，心里湿湿答答的。

看完电影，两人聊了一会儿爱情观。

"这部电影的意思是不是这样的，其实和谁恋爱都那么回事。都要经过疯狂期、甜蜜期、磨合期、平淡期、厌弃期直至分手和遗忘。"陆薇说。

"看起来是，其实不是。"郑小明说，"结尾男主角遇见了Autumn，但那是另一个故事了。也许前面都是相似的，但他们的厌弃期很短，然后又发现了对方的闪光点，甜蜜地重新爱上对方，根本不会分手，反而走进了婚姻。"

"也对。"陆薇点点头，表示同意。

两人互道了晚安，然后各自回了木屋。陆薇给朱雅茗发微信，告诉她郑小明竟然是曾经一起合作过的"哑巴"。朱雅茗不出所料地骂她："他随便编编你也信。这个人段位很高啊，果然是人在江湖漂，见人就拔刀。"

"可是我摸过那个人的头发，他的后脑勺正中间有个旋儿。郑小明也是。"

"你就自欺欺人吧。"朱雅茗说，发了个鄙视的表情，"不管怎么样，一定要戴套！"

"去！"陆薇结束了谈话。

她当然对郑小明说的话只信一半。可信的那一半如此之好，让她几乎立刻就要爱上他。她在一段又一段无法控制的想象片段中，陷入了浅浅的睡眠。

她梦见了程漾。分开那么久，她只有忙得想不起他的时候才会梦到他。她梦见在一片沙滩上，自己像个小女孩一样在堆城堡。但程漾是个调皮的小男孩，每当她快成功了，他就跑过来，一脚踩下去。

敲门声响起来的时候，她从梦中醒来，立刻发现自己的眼睛是湿的，喉咙是干的。她跑去开门，看到郑小明穿着睡衣站在门外："你怎么了？我听到你在哭。"

陆薇抬腕看表，凌晨3点钟。她不好意思地说："我做了个梦，梦里面我哭来着。你若不来敲门，我都不知道自己在哭。"

"什么梦？你想说说吗？"
矜持让陆薇想拒绝，可还是礼貌地让他进了屋。

她把梦境告诉他，他思考了一会儿说："其实你对你上一段的恋情有怨念。你觉得你的前任破坏了你辛苦搭建的幸福。"

陆薇点点头，觉得他说得没什么错。

"并且你一直压抑这种情绪。"他继续说，"你在梦里哭了足足10分钟，我才来敲门的。说明你确实缺乏安全感。"

陆薇不好意思地吐吐舌头："也许是因为我一个人住太久了。"

"那你今晚需要我陪吗？"他彬彬有礼，"我带了一瓶酒。"

"好啊。"陆薇知道，那一刻终于要到来了。

酒也好，旅行也好，吃饭也好，说了那么多或真心或假意的话也好，似乎所有的铺垫都是为了那一刻。他们终于挤在了一张床上，赤裸相对。他们做了两次，第一次，他是个十足的绅士。第二次，他是个十足的野夫。

之后，他睡着了，陆薇流了一会儿眼泪。她开始肯定朱雅茗的猜测是对的，"瞎子哑巴"这件事上，他在骗她。也许从一开始，他就在骗她，只为了这一刻能与她上床。可是难道她不是从犯吗？她不是一边犹豫一边期待的吗？

说到底，她还是太寂寞了。

8

旅行结束，他们退房那天，刚好度假村的老板回来了，正在餐厅检查食材。前台服务员很热心地把这一消息告诉郑小明的时候，他只是笑着说了声谢谢。

"不去和老板打个招呼吗？"把行李往出租车上放的时候，陆薇问。

"不用了，下次再说吧。"郑小明微笑说，亲昵地搂了一下她的腰。

这位老板，也许永远都活在他的微信朋友圈里了。陆薇想，心头枝丫舒展出的叶片正在凋零。

回程的路上，陆薇懒懒地靠在座椅上。而他几次三番把她的头转移到自己的肩膀上。窗外是明亮迅速退后的风景，心却在迅速退后中干瘪。明明开始时的期待那样饱满，过程也有小心翼翼的努力和勇敢，却空虚得比来之前更甚。

关于是否要在一起的话，他们谁都没说。陆薇不想承认自己那似是而非的期望。中途停车的时候，郑小明下去买水，陆薇把手上从未摘下的 GPS 手环，放在了他带着名牌 logo 的包内夹层里。

之后到站，他依依不舍地和她分开，又不断地发来问候的微信：到家了吗？吃点什么吧，胃舒服点了吗？休息了吗？

之后好些天，郑小明依然是热络的，约了陆薇几次，吃饭，看电影，开房间。每次他们约会，陆薇的手机都会叮咚一声：您的智能手环在 10 米内。

她便笑着不动声色地点个确定。

没有约会的时候，陆薇就去叶叶家，因为独自在家等待一个人联系自己的感觉，有点要发疯。

而叶叶家乱得很，拆迁的好消息忽从天降，叶叶的父亲为了给儿子争产业每天都来闹上一番。奶奶拼了命地为叶叶保留了一半的房产。签字的时候，陆薇就在旁边。叶叶不哭，也不生气，只是护着奶奶："您可小心着身体。"

这个世界上的所有人，没有一个不为欲望所困。

9

给自己放的那一个月假结束了，叶叶做的微店只接到了几个单。之后陆薇开始陷入忙碌，每天为客流量和搜索排名焦灼得恨

不得去夜市摆摊。

就这样忙得焦头烂额，根本无暇他顾，陆薇才发现，郑小明已经好些天没和自己联系了，她和他的热络都在减退。

那天，朱雅茗火急火燎地呼唤她。她随便穿了件衣服便出了门。车子提回来后，她一直没怎么开，那天开得格外小心。

在咖啡馆里，朱雅茗一脸憔悴，眼睛浮肿。
"什么情况啊？"陆薇心疼地问。
"郭北辰要结婚了。"
"他结他的呗，反正你们已经分手了。"
"可是这个浑蛋前几天哭着给我打电话说，他最爱的还是我。"
"婚前恐惧症吧。你不会信了吧？"
"我们见面了。然后我把他骂了一顿。"
"嗯，做得好。"
"可你不知道我多难受，我一直觉得我们都在等彼此。就算分手，就算和别人约会，也是一种等待的方式。可我现在才发现，我太傻了，太悲惨了。"
陆薇坐在了朱雅茗的旁边，把她抱在怀里，任由她的眼泪倾泻。

"不管了，"朱雅茗擦掉眼泪，"我也要结婚。"

"你和谁结婚啊？"陆薇哭笑不得。

"今天晚上就去找。"

"去哪儿找？"

"你陪我，把哪哪儿都找遍。"朱雅茗像个小孩子那样用手背擦着鼻涕。

陆薇的手机响了，她打开来看，是郑小明的微信："我在外面出差，过几天回去。想我吗？"

陆薇发了一个微笑给他。

那个下午，她陪朱雅茗去买了衣服，做了头发，化了个烟熏妆，然后去了夜店。表面魅惑内心荏苒的朱雅茗在舞池里扭动身体的时候，陆薇的手机叮咚一声：您的智能手环在 10 米内。

她抬头朝四周看去，看到了郑小明搂着一个辣妹走了进来。灯光很暗，他没有看到陆薇，陆薇也低下头，没打招呼。

很晚了，她把喝得烂醉的朱雅茗扶出门外，朱雅茗又哭了，动静太大，很多人侧目。走出夜店大门的那个瞬间，她回头看到了郑小明，他也看到她了，但他很快扭头，假装没有看见。

187

　　把朱雅茗带回自己家，处理完她的呕吐物，又帮她卸妆擦身，终于听到她夹杂着哭腔呓语的鼾声轻起。陆薇这才疲惫地坐在电脑前，倒是有一个好消息，那天接到了 21 单生意。

　　第二天，朱雅茗抱着水杯难受得龇牙咧嘴。

　　陆薇说："以后还买醉吗？喝了酒就不难受了？"

　　朱雅茗一手揉着太阳穴说："喝了酒更难受！约了炮更寂寞！"

　　陆薇笑。

　　手机上，APP 在提问：您确定要和您的智能手环解绑吗？

　　陆薇想点确定，还是心烦，干脆删除了那个 APP。

　　又过了几天，她终于没忍住，问郑小明："你并不是和我合作过的'哑巴'吧？"

　　"对不起，"郑小明说，"我在这位培训师发布过的案例简介里，看到过你的照片。你很漂亮，我印象深刻，第一次见到你的时候就觉得似曾相识，我……真的对你心动过。"

　　原来是这样。他爱和陌生人聊天，爱结交朋友，然后窥探他们的朋友圈。

"你前任的父母说，你们分手你也有责任。你在德国那一年，爱上别人了吗？"陆薇又问。

"没有爱上，只是玩玩。"他回。

"哦，原来是这样。"陆薇心里的枝丫彻底断了。

"我把培训师的名片发给你，你问问看？"郑小明发来了一张名片，像是补偿过错。

陆薇收藏了那张名片，没有回复郑小明。

"如果你觉得我讨厌，就把我删了吧。"郑小明彬彬有礼又善解人意地发来消息。

"好啊，否则以后像你那么多的'朋友'一样，只活在你的朋友圈，也太可笑了。"陆薇想说，但懒得再打字，把他的头像拉黑。

他们遇见了千百万年前的植物细胞，却难以在面对面时遇见爱情。庆幸的是，她也并没有爱上他。只是爱情的微芒来过，且一点也不耀眼。

原本他们就该像两辆交错过的车，"嘀嘀嘀，你好"，"嘀嘀嘀，再见"。

10

陆薇开始失眠。

叶叶有一天很甜蜜地告诉她，她恋爱了，和那个她喜欢的帮忙套现的男生。

"真的吗？"陆薇高兴也有隐忧，"你是不是跟他说你们家要拆迁了？"

"对啊。"叶叶说，"我知道姐姐你怕什么，但他不是因为钱。他家里条件很好，他那段时间套现是因为和父母吵架被断了经济来源。他知道我们店被封了，所以很不好意思，非要当面跟我致歉。我们见了一面。之后，又见了几面，他跟我表白了。"

"唔，好吧。"陆薇不想打击叶叶，但她并不太相信。

"他每天都会来看我，还帮我和奶奶找好了过渡的房子。他一会儿就来了，姐姐你过来看看他吧。"叶叶很兴奋地说。

几个小时后，陆薇见到了那个还在读研究生的男孩子，他和他的朋友圈里展示的自己一样：可爱精致，潮。而他看向叶叶的眼神，就像看向珍宝，源源不断地流露出了惊艳和喜欢。

陆薇难以置信，但是她看到了爱情，纯粹的，干净的，令人神往的。

　　爱情真的是一件奇妙的事，也是神迹。你不知道它何时降临，为谁降临。而寂寞，就像对爱的祈祷，每天每天，一遍一遍。

　　从那个晚上开始，陆薇每天睡前都去跑步，在小区里，挨着行车道慢慢地跑，细细地跑。就这么一直跑下去，直到筋疲力尽，High 点到来。

　　汗如雨下，大脑空白的那一刻，她和自己谈了一场无人打扰、永不破灭的恋爱。
　　那一刻，她不怕，也并不寂寞。
　　那一刻，她分外相信自己早晚会遇见一个真正"恰巧"的人。

我一直在等你

1

阿佳是在八岁那年发现自己不太像个女孩子的,那一年,班里要跳团体操,老师要求女生都穿白衬衫蓝裙子,阿佳发现自己没有一条裙子。这件事并没有给她带来太大的困扰,因为她很容易就以肚子疼为借口缺席了。老师并没有找阿佳的麻烦,一是因为她成绩好,二是她个子太高,吊在女生的队尾显得非常突兀,也就是说,如果她不缺席,反而是一件更头疼的事情。阿佳穿着长裤短裤念完了小学、初中,品学兼优。初中的时候年级里开始有一些传言,流行在一些爱打扮、成绩不佳的女生中间,说阿佳是个同性恋，这种传言在十四五岁的孩子心里是非常残酷、恶毒的，但这种事情又不能向老师告状，阿佳只能忍耐。这件事情导致了阿佳在以后的岁月里都难以跟女生群体保持良好的关系。幸好这个流言在初三那年，就像兴起得莫名其妙一样，也莫名其妙地停止了。阿佳顺利地考上了重点高中，高一的暑假，她个子长到了一米七四。这时候家里人开始讨论，这么高的个子，将来不好找朋友啊。阿佳只觉得这是杞人忧天。高二那个暑假，爸爸带阿佳去测了骨龄，测出来的结果是阿佳可以长到一米八。"阿佳，要不去当模特吧。"爸爸这样说，好像是宽慰的意思。模特吗？阿佳之前完全没有想过。那天晚上，她生平第一次认真地照了镜子。长手长脚，髋骨突出来，脸上的颧骨也突出来，这么一照，阿佳就想起了自己过去不照镜子的原因：她实在不是一个美人。

然而，就在那年测过骨龄之后，阿佳就再没长高过了。这件事情多少有点诡异，但发生得自然而然，就是高二快要期末考试的时候，奶奶忽然喊了一句："阿佳今年是不是没有长？"再拉到墙边一量，果然，还是去年画过记号的地方，一米七四，连一毫米的差距都没有。家人有点庆幸，但又有点遗憾，相比一米八，一米七四当然没有那么难找朋友，但是又不像一米八那样，可以说拥有了身高的优势。阿佳以后就是一个普普通通的高个子女孩了，除了头脑很好用。高二下学期她为了高考加分，参加了一次作文比赛，拿了一个二等奖，可以去上海参加夏令营。

阿佳是那个夏令营里最高的女孩子。

"你是这个夏令营里最高的女孩子哦！"几乎每个人都这么对阿佳说了一遍。

但是这丝毫没让阿佳觉得是夸奖，原因很简单，那一年，她开始发胖了。

就像之前所有吸收的能量是用于长高，但随着长高的停滞就用于长肉一样，阿佳在一年的时间里胖了将近20斤。现在谁都不会说她可以当一个模特了，事实上，她更像一个运动员。

但是唯有韩冬冬的那一句话对阿佳是特别的，他对阿佳说："你是这个夏令营里最高的女孩子哦。"那时候，阿佳正因为发生了一件不愉快的事，需要一点鼓励，一点安慰，而他说那句话的口气，就恰好像是一句鼓励、一句安慰一般。

至于那件不愉快的事情，大体而言是这样的：

夏令营的成员都是作文比赛的获奖者，但却按照名次分为两类，一类是一等奖，可以获得高考加分的，一类是二等奖，不能加分。并且二等奖来参加夏令营还是要缴纳一定费用的，这是为了控制整个参加人数和平衡成本。阿佳很快就发现，她是唯一一个来参加夏令营的二等奖获得者。

这种事情也是显而易见的，或者可以这么说，在数十名二等奖获得者里，缺乏自尊心或者敏感度的只有阿佳一个人。

所以，阿佳在刚进入夏令营的时候就感到了一种奇怪的氛围。

"哦，二等奖啊。"尽管没有在额头上贴这么一张纸条，所有的人却几乎是同时知道了这个事实。而阿佳则继续一种懵懂的心态。二等奖没有什么不好的，虽然不能获得高考加分，但是对阿佳来说，这本来就是一件超出期待的好事啊。在被问到为什么要参加这次竞赛的时候，她很老实地回答：是为了提高作文水平。结果，旁边的人面面相觑，好像阿佳是一个闯进聪明人圈子里的白痴。

后来，在夜谈会的时候，阿佳跟一位一等奖获得者，也是长得非常漂亮的女生阿霞询问：你最近在看什么书？能不能推荐我几本好书，能帮助写好高考作文的？

阿霞一下就站了起来："如果你心里想的还是应试作文的话，为什么还要参加这个比赛？这个比赛本来就是为了反对应试作文才存在的！"

她倨傲地把手里的一本书——后来阿佳看到是一本弗吉尼亚·伍尔芙的小说，拍在桌上，转身走了。

阿佳当时就惊呆了。

旁边一个为她说话的人 x 也没有。

那天晚上阿佳没告诉任何人，自己偷偷地收拾了行李，打算一早晨就去车站，无论买不买得到票都要离开这里。她的计划差一点就成功了，事实上，她已经扛着箱子偷偷走出了宾馆，宾馆前破旧的马路被晨曦笼罩着，在路口，她伸手想要拦住随便一辆什么车，这时候韩冬冬叫住了她：阿佳！

原来他一早就在注意她，尤其是经历了昨天晚上的一场小型羞辱之后。不过，他差一点也没有拦住她，如果不是他有晨跑习惯的话。之后他拽住她说了好多话，因为他说得快，也因为他的福建口音，阿佳有些也没有听清楚。但是这些话事后回想也没什么意义，总之，最后他说了一句："你是这个夏令营里最高的女孩子哦。"

　　他帮阿佳扛着行李箱回去了。两人轻手轻脚地在宾馆的走廊里道别的时候，所有的人都还没起。夏令营还剩下五天，但是这五天对于阿佳来说，已经完全不一样了。这倒不是说她跟韩冬冬之间发生了什么，事实上他们之后连话都很少讲。后五天里阿佳的同伴是一个个子娇小、略略有些龅牙的女生楚楚（笔名），她也是一等奖获得者，却对阿霞愤愤不平："为什么我们就只是加分，她就可以保送复旦？"阿佳没有作声，但是楚楚接着说："只有韩冬冬保送我没话讲，他的确是个天才。"

　　是这样。阿佳这才注意到，韩冬冬和阿霞是走得格外近一些。他们才是一个世界里的人。之后的事情就是夏令营结束时，大家瞒着指导老师偷偷地去买了各种酒，在最后一天晚上喝了个烂醉，男生女生互相拥抱成一团。不过阿佳一滴酒也没有喝。第二天她大早起来，留了纸条给指导老师，自己就拖着箱子去了车站。走到路口的时候，她略微地等了一等，但是这一次，韩冬冬没有来拦她，没有。

阿佳回去之后做了一件事，就是坚决要求转到了文科班。"你的成绩是可以上清华的！"老师痛心疾首地说，"文科读了有什么用？可以改变这个世界吗？"老师不知道的是，阿佳的世界已经改变了。

改了文科以后的阿佳再也没有考进过年级前十，不管她怎么起早贪黑、悬梁刺股，好像也跟人差着距离。报志愿的时候阿佳不考虑上海，那就去北京吧。为了保险，她报了提前批，成绩还没出，档案就被青年政治学院提走了。

结果成绩出来，阿佳的分数高出北大 12 分。

没有什么好说，命运可能就是这样决定的吧。阿佳拖着行李一个人去了北京。报到以后她就去了图书馆，借了一本伍尔芙的《到灯塔去》，结果没看几页就哭了。

不是因为伤心！是因为，伍尔芙的小说真是太难看了！如果反对应试作文的成果就是写出来这样的小说，那有什么意义啊！

简直是被耍了啊！阿佳把书扔在一边号啕大哭，被图书馆的老师赶了出去。

2

据说每个大一新生对大学生活的第一感受就是幻灭（清华、北大的除外），阿佳就还好，她只幻灭了一个星期左右，接下来就感到十分惬意。大学的课程量对于中学来说简直是天堂，阿佳觉得自己多出了数不清的时间，可以去学生会、去打工、去做无论什么事情。学生会的各个团体都非常欢迎阿佳这样一个新生，因为她看上去既开朗，脑子又聪明，干活也十分麻利。不过，阿佳很快就退掉了各种社团，只留下一个文学社。她大二的时候就成了文学社的副主编，倒不是大家认为她写得有多么好，而是她为人可靠，文学社的刊物需要跟学校要经费，要自己去联系纸张、盯排版、校对、印刷，这些活儿阿佳一个人就能全部干好。大概因为个子高，身体的分量也足，阿佳做起事来仿佛有无穷无尽的精力，杂志运到学校里，她穿着牛仔服，戴上一副跟印刷厂工友要来的白棉纱手套，呼啦呼啦把六个沉得要死的纸箱搬上宿舍楼，拆包，一本本擦干净上面的纸屑，分发到各个宿舍去。然而，大三的时候，文学社再次换届选举，阿佳还是副主编。主编是中文系一个长发及腰的女孩子，她不仅会写诗歌和小说，还会弹吉他唱民谣。

　　那就这样吧，这又不算什么大不了的事，阿佳只能这样想。难过，却无法哭出来，甚至觉得要哭都是一件丢人的事。为了比不过别人而哭，阿佳模模糊糊地知道，这种事情在自己身上，是永远不可能发生的。甚至这种难过也只持续了一个星期，接下来的日子，阿佳买了一台新电脑，也顺理成章地接下了杂志排版的活，然后又是校对、跑印刷厂……大家说起阿佳来的时候都满怀钦佩，那个女孩子，个子高高的，真是能干！就像他们说起那位主编来，虽然不住地摇头叹气，但是对她的才华都满怀钦佩一样。

那天，阿佳去印刷厂的时候，本来是要跟文学社的一个男生一起去。但是在公交车站等他的时候，他却发了一条短信来，说去不了了。印刷厂在远郊，几乎已经到了河北，唯一的公交车40分钟才来一趟。时间已经是下午3点钟，阿佳完全没有选择地独自上了车。到印刷厂的时候，600本杂志已经全部印好也打包好了，阿佳一个人站在六个大纸箱面前，怎么办呢？她的心里很少有这种无助的感觉。这时候有人喊了一声："阿佳！"

听到那个声音，阿佳全身都抖了一下，眼泪哗的一下流了出来，阿佳没有转身。

"阿佳！"韩冬冬在她身后，用力拍了一下她的肩膀。

"你不要哭啊，我来想办法。"他很快就搞清楚了状况。他也是来印刷厂拿杂志的，跟他一起来的还有一个男生。他们学校的杂志印得少一些，原本打算一个人提两包，坐公交车回去，但是加上阿佳的六包肯定就不能这么干了。"这样，印刷厂本来就有送货的车子。我去谈谈看，能不能算我们便宜一点。"

他跟送货的车子一起回来的时候，阿佳已经擦干了眼泪，心情也平复下来了。"你不是去复旦了吗？"阿佳问他。他有些惊异："怎么，你什么都不知道吗？"

原来，那一届的作文比赛，后来因为某些原因，不仅取消了保送，连所有的加分也都取消了。他临时又准备高考，上了北京一所很普通的学校。"你读的什么系？"阿佳回答："新闻。"韩冬冬笑了："我读的国际金融。"他笑的时候好像有一片阴影滑过了脸庞，但是又很快消失了。他没有在夏令营时那么喜欢说话了，回学校的路上，倒是那个跟他一起来的男生说个不停。阿佳也没有说话。一开始，她还有些紧张，害怕他问一些她不知道该怎么回答的问题，比方说为什么回去之后就跟大家再也不联系，为什么本来是理科生却学了新闻，最害怕他问的就是为什么要参加什么文学社。但是他一个字也没有问。这么久不见，总该说些什么吧，那么，就等到下一个路口，至少问问他现在看什么书吧。然而，一直等到过了十几个路口，阿佳的话还没有说出口。

"到了。"司机说。阿佳吓了一跳，才反应过来到的不是他们学校。车子猛地一刹，阿佳的心好像要跳出胸腔外。"我最近在看……"她的话才喊出来半句，那个男生忽然捶了韩冬冬一拳："你女朋友在校门口等你哦！"

阿佳几乎是条件反射地往校门口看了过去，那儿站着一个女生，穿着一件红色的羊毛大衣。

是阿霞。

"你小子，还不快下来！"男生把纸箱运下了车，对车里做着鬼脸。韩冬冬跳下了车。但是，他没有立刻走向阿霞，而是叮嘱这个男生："你一定好好把她送回去啊。"又走到车门旁边来问阿佳，"你刚才说什么？"

"没说什么。"阿佳说。这时候司机已经重新发动了车子。男生上车,用力一下就拉上了车门。"师傅走吧!去青年政治学院。"他欢快地喊道。

3

大四那年奇怪的事情是,阿佳忽然又长高了两公分。

这件事是毕业体检的时候发现的。不过在那之前已有征兆。那一年工作不好找,虽然阿佳一直都拿一等奖学金,想进的报社却一直都进不去,最后去一家做非金属材料的央企面试,自己本来觉得希望不大,却几乎当场就被录用了。面试官好像是个领导,话也讲得很直接:"个子高的女生看上去有气势,别人不敢欺负。"又问阿佳,"你多高?"阿佳回说一米七四。"肯定不止。"那个中年男人摇摇头。于是阿佳毕业体检的时候特别注意了一下身高的数字:176 公分。

176 公分能改变什么呢?什么也改变不了。阿佳听说阿霞要出国,韩冬冬也要跟着出去。她还听说,其实之前阿霞凭着家里的关系,还是可以保送复旦,但是她放弃了保送,跟韩冬冬一起考到了北京。大家都羡慕韩冬冬有这么一个漂亮又痴情的女朋友。还有韩冬冬本来读的也是新闻系,但在阿霞的要求下转系到了金融,就是为了出国做准备。但所有这些她都不是听韩冬冬自己说的,而是听海涛说的,海涛就是那个送她回学校的男生。那之后他一直跟她联系，还约她去爬过几次山。北京的山真没什么意思，而且阿佳从来不把爬山看成是休闲娱乐，她只要站在山脚下，就会闷着头一直往上爬到山顶，中间连水都不会停下来喝。宿舍里的人提醒阿佳，说人家这是在追你，可阿佳没有任何感觉。她并不讨厌海涛，也愿意跟他一块儿散散步，可是，如果他是在追她，总会有点其他的表示吧？事实上却什么也没有。阿佳还在困惑着要不要干脆回绝他，这时候，他却转头开始追阿佳宿舍里另外一个女生。这一次是追，阿佳倒是很容易地看出来了，因为送了花，还当着大家的面牵了手。那个女生对阿佳有些抱歉，不过她也说：阿佳你这个人吧，就是不太好追的样子，男生都被你吓跑了。可能因为你太高了吧？那么，什么样的女生才叫好追呢，阿佳想问，但没好意思问出口。那个女生不久后也跟海涛分手了。"因为我只是想在毕业之前谈一段互相温暖的恋爱而已。"阿佳不知道，海涛是不是也是这么想的。也许这并不重要吧。

马上就要毕业了。所有的人都在忙着聚会，聚会的时候喝各种各样的酒，然后吐在路边。阿佳也喝了酒，可是并没有喝醉，大概是因为个子实在太大，酒精在她身体里稀释得比较多，难以发挥真正的影响力。阿佳总是负责把宿舍里的女生一个一个扶回去，不仅如此，她还帮她们打包行李，还给她们把行李送到学校规定的地方去托运。终于把她们一个个送走的那天，阿佳把宿舍里的两张桌子拖出去，把地板擦得干干净净。晚上她就一个人坐在窗台上看月亮。

这时候有人敲门，咚咚咚，咚咚咚。阿佳吓了一跳，一想大概是管宿舍的阿姨，就跳下窗台，鞋也没穿，去把门打开。门口站着的人却是韩冬冬。

他喝了酒，手里拿着一本什么书，一进来就塞进了阿佳的怀里。阿佳就着月光一看，倒吸一口凉气，那是那次去印刷厂，她拿回学校的文学社杂志。

韩冬冬什么时候有了那本杂志的呢？阿佳最终没有问，韩冬冬也没有说。那期杂志上有阿佳的一篇文章，整体上写的是景色，关于春天。阿佳写到早春里的雾，还有她穿过这片雾去给全家人买早餐，回来的时候，把热乎乎的包子藏在衣服里，整个人都被雾气打湿了，但是一想到回到家，就可以喝到煮开的牛奶，一边喝一边吃包子，还是很高兴。那片雾越来越浓，浓得就跟白色的牛奶一样，阿佳在雾气里迷了路，只好想着家的方向，迈开腿拼命地跑起来。就写了这么一件事。"这篇文章……好吧。"差一点没有通过审核，但最后，大概是看在她办杂志很辛苦的分儿上，还是给发了，就夹在中间，小小的一篇，题目也没有放在封面上。韩冬冬有没有看到这篇文章呢？他应该是看了，因为，杂志就打开在那一页，卷成一个圆筒，但是，他没有说好，也没有说不好。他还带着一瓶酒，他只比阿佳高一点点，却一下就把阿佳抱上了窗台，两个人对着瓶子，你一口，我一口，就这样沉默地看着月亮。眼睛开始变得模糊，月亮像蒙上了一层薄雾。说点什么吧，在内心里，阿佳这样祈求着，也一直在等着韩冬冬开口。他却贴近她的脸，吻起她来。

第二天早晨，阿佳把他摇醒。他看上去一脸震惊，还有些懵懵懂懂。"你赶快走吧，宿舍阿姨待会儿就要上来了。"阿佳的宿舍就在二楼，她告诉他，他可以从窗户翻到一楼的防盗网上，然后跳到草丛里。韩冬冬似乎有些错愕，还没有完全理解阿佳的安排，但还是乖乖地照做了。阿佳看着他伸长腿，稳稳当当地踩到了防盗网的顶上，然后，又稳稳当当地落到了草丛里。阿佳等着他抬起头来，对自己说声"再见"，可是，他没有。

接下来的几天阿佳十分忙碌，户口、档案、新单位的报到、培训、各种手续，几乎连喘气的时间都没有。几乎是下意识地，阿佳无论是在公交上、地铁上，没办法做什么事情的时候，总觉得手机响起来了，可是拿出来一看，却总没有。好不容易都安顿好了，阿佳决定，还是应该去找一趟韩冬冬。她坐车去了韩冬冬的学校。

一路问过去，她很快就找到了韩冬冬的宿舍。可是，她却不敢在宿舍门口等，这时候，她觉得自己高大的个子是一种障碍，简直是一种痛苦，她觉得只要自己往那儿一站，马上就会被所有的人注意到。这个傻乎乎的大个子姑娘来这里干什么呢？她是要找谁呢？都快要毕业了，还有什么大不了的事，一个女生要来男生宿舍呢？她只能远远地，站在一个自行车棚里等着。跟他说吧，阿佳想，跟他说我一直以来对他的心意，或者至少让他知道，那个晚上发生了什么……这一次不会再等了，只要他一出现，我就立刻走上去。

他出现了。

然后，一个粉红色的身影冲了上去。

阿霞穿着一条粉红色的裙子，冲进了韩冬冬的怀里。远远地，但是阿佳还是看得很清楚，她好像在哭着，而韩冬冬抱住了她，一下一下，摸着她的头发。

4

之后的好几年，阿佳都没有跟韩冬冬有任何联系。

因为，她被公司派到了赞比亚。原来面试的时候说的"高个子的女生别人不敢欺负"，是为了这个作用，阿佳算是知道了。不过在阿佳看来，这份考虑也是多余的，因为在那样一个工作环境里，好像根本没有被欺负的危险。公司在赞比亚建了好几座水泥厂，实际的活儿阿佳一样也插不上手，她只是行政人员，负责协调、汇报和给大家做饭。无论阿佳做什么，同事们总是毫不挑剔地吃个精光。大概就是因为这点，他们对阿佳也十分照顾。"毕竟咱们这儿好几年没派来过女生了。"听到同事这样感叹，阿佳禁不住咧嘴笑了，有生以来这还是第一次，她被人当作女生对待，而且这感觉居然还不赖。新年晚会的时候，同事们专门派出一个人来，向阿佳请求："我们准备开一场舞会，舞会上你能不能穿一次裙子？"阿佳有些为难，但还是答应了。

　　新年那晚，阿佳果然穿了裙子。是家人专门从国内寄来的，一条紫色的碎花裙子。大概妈妈想象中的阿佳就是这个样子。裙子上身的时候阿佳不禁哑然失笑，长短倒是合适，腰围却大了很多，阿佳不得不找了个别针，从背后把裙子别起来一截。这一年在非洲，虽然工作很清闲，但阿佳买了个相机到处拍照，走过了很多地方，不知不觉瘦了很多。现在，她几乎变回了发育前的样子，髋骨突出着，颧骨也突出来，晒得黑黑的，看上去倒是很有异国风情。不仅如此，因为理发不方便，她也就让头发随便乱长，生平第一次，头发长到了可以用橡皮筋扎起来的程度。阿佳就扎着头发，穿着背后有一个别针的裙子，去参加了新年舞会。所有的人都夸阿佳漂亮，当然咯，因为这里很久没有派来过女生了嘛！然后大家一个接一个，排着队请阿佳跳舞。就算阿佳不停地踩到他们的脚，就算手会碰到阿佳腰上那个大大的别针，或者他们有几个的头顶才到阿佳的下巴，他们也一点不在意。等待新年钟声敲响的时候，一个年轻人站在阿佳的旁边。因为站得太近，不得不引起了阿佳的注意。啊，这就是那个被派来请她穿裙子的人。新年的钟声敲响了，这个人吻了阿佳。然后，他就像做错了什么事一样，面红耳赤地跑开了。

　　那天晚上，阿佳失眠了。那个吻到底代表着什么呢，有可能只是一种普通的新年礼节而已。毕竟这个世界上有着各种各样阿佳不明白的事，比如毕业之前谈一段温暖彼此的爱情，比如……阿佳想起了那个月光下的亲吻，之前她一直让自己忘记这个吻，并且忘掉随后发生的所有事……那个吻究竟代表着什么呢？如果可以问问他……但是，无论如何，根据后来发生的事情，它就是什么都不代表。早晨的时候，阿佳迷迷糊糊地做出了这个决定：昨天晚上的吻，也什么都不代表。她应该起床了，还要给大家准备今年的第一顿早饭。然而，就在她穿好衣服、跨出宿舍门的时候，却发现，门口的角落里，摆着一束小小的、深紫色的三角梅。

　　阿佳跟那个年轻人结了婚，一年半以后，两人一起回国了。

5

　　阿佳是在排号买房的时候遇见楚楚的。当时，所有的人都在往里挤，阿佳挤在最前面。这时候有个女孩尖叫道："阿佳！帮我拿一个号！"那个声音听上去有些熟悉，阿佳想也没想，从那个负责排号的售楼小姐手里又强行撕了一张。

　　那个尖叫的女生就是楚楚。她就要结婚了，这次是来买婚房。为了感谢，她请阿佳吃饭。阿佳问她老公是干什么的，她看着阿佳笑了，说："我老公你应该认识啊……"

　　阿佳的心一下就抽紧了。

她接下来的那句话让阿佳松了一口气。原来，她的老公是海涛。

　　"是阿霞介绍我们认识的。"楚楚说，"你想不到吧，她大学毕业以后跟我进了同一家银行。"

　　"她不是出国了吗？"

　　"本来要出国的，不过，临出国的时候，她爸爸出事了。怎么你不知道吗？这件事当时闹得还挺大……"

　　阿佳什么都不知道。之后楚楚还在絮絮叨叨说着阿霞的事，她的声音里有同情也有明显的幸灾乐祸，可是阿佳完全不在意了。阿霞家里所有的钱都当作赃款退掉了，还卖掉了房子。阿霞的爸爸还是进了监狱。韩冬冬……听到这个名字，阿佳一个激灵，楚楚却轻轻巧巧地说："他还真是倒霉啊。"

　　"怎么倒霉了？"

　　"他不会挣钱啊，成天被阿霞嫌弃，两人吵架，还喝酒。"

　　"他不是学金融吗？"

　　"是啊，不过毕业以后做了记者，然后好像报道什么事情被开除了吧，现在就在一家出版社混日子。"

　　那天回家的时候，阿佳恍恍惚惚的，做了晚饭也没有吃，躺在床上就睡了过去。半夜的时候她知道自己发烧了，同时开始不断地做梦。但是，她既没有梦见韩冬冬，也没有梦见阿霞……她梦见的是灯塔。

是伍尔芙的灯塔。那本小说自始至终她就没有看完过，估计全世界也没有太多人把它看完，然而在梦里它却成了一样重要的东西。灯塔，它代表你要去追寻的东西，那样东西其实没有任何意义，但你在心里就是放不下。所有的孩子都想去看灯塔，最后看到没有阿佳却不知道，这是因为她到底没有把小说看完吧，在梦里，阿佳既惭愧，又懊悔。

第二天早晨醒来，阿佳退烧了。走到餐厅里一看，昨晚做好的饭菜还原样摆在那儿，丈夫还没有回来。回国以后阿佳还是做行政上的闲职，丈夫却变得非常忙。因为他们在非洲的那两年过得太逍遥了，而在那段时间里，国内的房价却上涨了很多。说到房子……阿佳想到自己将来会跟楚楚和海涛住在同一个楼盘。她想了想，给售楼处打了个电话，把排到的号退掉了。

在那以后日子过得很快，阿佳过完了 26 岁生日，27 岁、28 岁，这两年也飞快地过去了。他们从市中心的出租公寓搬到了市郊的高档小区。29 岁那年，丈夫再一次升职，这次他们到更远的地方买了一处别墅。因为上班太远，阿佳把工作辞了。丈夫有了外遇应该是一年以后的事，但或许早就开始了，阿佳在这种事情上一向不怎么敏感。最后是丈夫提出的离婚，阿佳接受了。她搬出了别墅，重新在市中心租房。生活就像回到了原点，但又有什么东西再也回不去了。阿佳回了一趟非洲，为了看看那里的三角梅。只有在非洲人们才会深爱这种花，因为它即使在旱季也可盛放，然而在普通的、舒适的环境里，那几乎算不上一种什么花吧，阿佳想。她整理了自己在非洲拍的照片发到网上，有一家杂志向她约稿，除了图片还有说明的文字，写这种东西阿佳倒是很在行。过了一年，她在几家杂志上开起了专栏，又过了一年，有好几家出版社想要把她的专栏出成书，阿佳有时候在想，这中间会不会有韩冬冬那家出版社呢，如果他知道了她要出书会怎么想呢，毕竟，他才是天才，才是那个应该来做这件事情的人，而阿佳写来写去也只会写一些风景而已。

然而，阿佳多想告诉他，那些风景是多么美丽啊！

6

阿佳的第一本书出版是在她33岁那年，接下来，第二本、第三本也很顺利地出版了。在这期间，她的奶奶去世了，妈妈得了一场重病，不过幸好最后安然度过。36岁那年她再一次结婚，然后，这段婚姻很快又因为她"其实并不愿意安定下来"而结束了。阿佳自己买了一间小公寓，追求她的男人还有不少，但她觉得自己并不需要结婚。无论是什么样的男人，无论一开始的时候怎么说，到头来想要的反正不是阿佳这样的女人，阿佳认清了这一点之后，对他们也就没有什么期待了。从一个编辑那里她听到了一点韩冬冬的消息，据说他离婚了，老婆去了国外，如今他带着孩子独自生活。听到孩子，阿佳的心里刺痛了一下，如果她有一个孩子……但是，如果有孩子的话，是不可能过上现在这种生活，自由……可以去到想去的任何地方……阿佳觉得自己的生活里实在没有什么不满足的了。

再一次遇到海涛是在阿佳的一次签售会上，实在没有想到会在那个南方城市碰到他，他说他来出差，看到书店外面有阿佳的海报，就顺便进来捧场了。

签售结束以后，阿佳不得不跟他喝茶，果然，他一坐下，就说起了当年阿佳退号的事。

"你就那么不想见到我吗？"他说，"其实，那件事，我对谁都没讲。"

什么事？阿佳眯起眼睛想了一会儿，那应该是很久很久以前的事情了吧，如果不是他提起，阿佳就再也想不起来了。

那年，也就是毕业以后一个月，阿佳正在准备去非洲的时候，突然间，真的是突然间，因为她的例假一向不准，她也没把这当一回事，可是突然间，就好像有什么预感似的，她去药店里买了一根验孕棒，第二天早晨，她发现自己怀孕了。

完全没有选择，她必须把这个孩子做掉。因为怀孕的时间还不长，阿佳在网上查了查，选择了药流。她自己去诊所买的药。然而，不知道是因为身体太好还是太弱，阿佳肚子痛了好几天，却仍然没有见到说明书上的"排出"。最后的结果是大出血，去医院做了清宫手术。

为什么在痛得意识模糊的当时会选择给海涛打电话呢，是因为他"追"过自己吗？阿佳在手术床上，耳边响起了韩冬冬的声音，"你一定好好把她送回去啊"，也许就是因为这句话，觉得他是可以信任的。手术以后海涛好好地照顾了她一个星期，当然他旁敲侧击地打听着，但是阿佳就是什么也没说。他会不会告诉韩冬冬这件事呢？如果韩冬冬知道了会怎么想？阿佳听到海涛还在给韩冬冬打电话，她事先告诉他不要提到自己，但是他会不会忍不住偷偷告诉他呢？海涛从来不是一个会保守秘密的人……阿佳就这样翻来覆去地想了一个星期，最后去非洲的日子到了，海涛送她到了机场。"你真的可以吗？留下来吧。"海涛当时这样说，可阿佳的回答是，让他发誓死也不能把这件事告诉任何人，死也不要说。

"我一直都没说。"现在，坐在她面前的海涛这样讲。是的，那么韩冬冬永远也不会知道这件事，阿佳心里这样想着，面前的茶已经凉透了，她站起身来准备走。

"其实你喜欢韩冬冬吧。"海涛忽然说。

阿佳已经站起身，拿起了包。

"算了，说这个也没用。不过，当时我们都知道。"

"我们"，指的是谁呢？是不是包括韩冬冬在内？阿佳到机场的时候接到海涛的微信。"那时候我也喜欢你啊。"他在微信里这样说。阿佳把那条微信删掉了。

现在说这些还有什么用呢？一生，大半生的时间已经这样过去了。阿佳想起了从印刷厂回去的车上，她其实看到了他从纸箱外没有包好的杂志里抽出了一本……她看见他这样做了，却没有去问他，你会看我写的文章吗？你觉得怎么样？她好几次想给他打电话却没打，如果打过一个电话，只问"你觉得我写得怎么样"，这不是太奇怪了吗？如果他觉得写得好，应该主动打电话来才对啊，可是，这件事一直没有发生。阿佳想起那个看月亮的晚上，也想起了非洲草原上的晨昏，想起了朱鹮成群地飞起，遮住了太阳，而它们本身就像是从太阳中飞出来的一般灿烂夺目……阿佳想起了草原上的百合，在长雨季开始的时候才高高地长出地面，看上去就像明亮的灯盏，她还曾目睹过一队长颈鹿缓慢而优雅地穿过草原，怪异的身姿就像某种长茎带花的植物……如果当她看到所有这一切的时候韩冬冬也在场，那该有多好啊。这些事也许原本是可能发生的，只要……阿佳在机场的人群中好像看到了韩冬冬，但只是一眨眼的工夫他就不见了。再说，如果是真的，他应该先看到她才对，毕竟她穿了高跟鞋，在人群中是最高的女人。阿佳过了安检，等待登机的时候还在想，刚才那个人不会是韩冬冬，他不可能出现在这里，因为他可能连出来旅行的钱都没有，就像别人无意中提到他时说的那样，他这一生已经完了……可是阿佳知道，他还没有完，既然她都能出书，韩冬冬一定能做出什么事情来，而且是更大、更了不起的事情……毕竟，谁知道呢？飞机迟迟没有起飞，广播里说，机场起了大雾。阿佳一直等，一直等，最后她决定回宾馆先睡一觉……走出机场一看，真的是很大的雾啊，白得像小时候喝过的牛奶，阿佳在大雾里迈开腿跑了起来。她一直跑一直跑，就好像知道自己要去什么地方似的。只要跑到那个地方，浓雾就会散去，阿佳这样想着，雾果然渐渐地淡了。在雾的尽头有一个人影，稳稳当当地站在那里，就好像当年稳稳当当地站在草地上一样。阿佳跑近的时候，他喊了一声："阿佳！"

阿佳这才发现，自己手里还拖着箱子。

"阿佳！"他又喊了一声。阿佳停住了脚步，是韩冬冬啊……他变了。是的，他长出了皱纹，变老了，看上去很疲惫，就像一个被生活打败的中年人，他同时是一个中年人也是那个当初的少年。可是，阿佳想，我怎么跟他打招呼呢，还能说些什么呀，难道跟他说，这一生已经白白地过去，看上去做了无数的事情，可实际上什么也没有抓住，什么也没有完成，而这一切只因为我们两个的愚蠢？

可她什么也没来得及说，因为韩冬冬说话了。

他说：我一直在等你。

有人喜欢冷冰冰

文 / 姚瑶

伊一遇见杨木，就像中学讲台上，班主任手里的成绩单，从第一名到最后一名的距离，就是他们之间的万水千山。

她不明白，为什么有人可以数列得满分、英语作文用上超过15个字母的高级词汇、算得出每一个行星夹角、说得出历史书上所有名字的生平事迹。就像他也不明白，怎么会有人那么巧妙地绕开所有的正确选项。

杨木和她碰杯，问她的名字，她垂下眼睛，说叫伊一。

什么？KTV里声音震耳，杨木很自然地斜过身子，把耳朵凑近了一些，什么？

乱七八糟的灯光遮盖了突如其来的脸红，她犹豫了一下，略微抬高一下音量，伊一。

姓什么？

伊。

杨木似乎觉得很有意思，歪过头看了她一眼，他说我叫杨木。

她点点头说"嗯"。

有一对偷懒的父母，生她在农历正月初一，新年伊始，所以叫了伊一，以至于她后来的人生，也都偷懒成了阅读理解题的中心思想，只有主线，没有支脉，和名字一样，一眼就能看得清清楚楚。

那天是伊一闺蜜的生日聚会，下班前，她躲在洗手间画了个淡妆，把工作时穿的套裙换成薄薄的连衣裙，披上毛呢大衣，匆匆打车过来。坐在车上，她还不忘回复工作邮件，摊开电脑做表格。

热爱工作，同陌生人说话会脸红，是伊一留给所有人的一般印象。除此之外，她好像很难再给别人留下更深刻的印象了。

堵了半小时车后，她慌乱地推开 KTV 包间的大门，傻眼了。一屋子大声聊天、大口喝酒、大大咧咧的男人女人，她谁也不认识。更可怕的是，每个人都是携另一半出席，包括闺蜜，唯独自己是单身。

　　闺蜜把她拉到角落，简单给大家做了介绍，其他人心不在焉地点头微笑，多半也没记住她的名字。闺蜜把她按在沙发拐角里，递给她一杯酒，她说你是把这辈子所有认识的人都叫来了吗？闺蜜甩甩刚做完的卷发拍拍她的肩膀说，女人过了 25 岁就要走下坡路了，我必须隆重祭奠一下我的青春啊。眼看就要 27 岁的伊一白了她一眼，默默喝掉手中的朗姆酒。

　　12 岁的女人有危机感，18 岁的女人有危机感，20 岁的女人有危机感，25 岁的女人依然有危机感，伊一想，大概无论几岁的女人，都觉得过完今天就要变成老女人了吧。到底阅历不如皮囊，她也更喜欢看简历上漂亮的证件照。

　　出双入对的情侣们像接力似的，把情歌从 1980 后唱到 2010 后，伊一百无聊赖地坐在追光灯打不到的角落，低头看手机，假装很忙的样子。显然闺蜜也是顾不上照应她，刷了一会儿手机之后，她索性从包里抽出电脑，继续工作。

　　杨木就是这个时候出现的。虽然也是孤身前来，但他的孤身，显然比伊一价值连城。闺蜜抓着他就是一顿介绍，伊一大概听到些什么赛车啊，骑行啊，登顶啊之类和自己的生活没什么关系的词汇。伊一像看外星生物一样看他，皮肤有些偏黑，线条硬朗，送给闺蜜一条波斯地毯作为礼物，爽快地干了一杯酒，嗯，是好看的男人，一般看到好看的男人她都会有奇怪的不好意思之感，所以马上就把目光挪回电脑屏幕上，继续掩饰着自己的尴尬与不适。

可是外星生物偏偏坐到了她的旁边，对她笑了笑，她不自觉地往一边挪了挪。

交换名字之后，伊一不知道该怎样继续这个话题。她的工作是 HR，最擅长的交流方式就是快速问答。她是提问方，"请做一下自我介绍""为什么离开上一份工作""做过最大的项目是什么""期望薪资是多少""性格上有什么优缺点"，而这些，都不适合眼下的状况。

"你也太敬业了吧？"杨木若有所思地盯着她打开的表格，上面是正在整理的面试名单。

"嗯……你……做什么工作？"

"你要安排我去面试吗？"

"……"开玩笑，又是伊一不擅长的领域，一时接不上话来。

"我最近没上班，要去南美探险。"杨木说着又给自己和她倒上酒，说话的口气摸不清虚实，让伊一不知道该认真对待还是当他什么都没说。

"那……你需要工作的时候可以找我……"说完这句话，伊一有点想掐死自己。这下他该一点都不想同自己聊天了吧。

可是杨木竟然认真地拿出手机说，来吧，给个电话，快饿死了我就找你这根救命稻草。

啊，这是个不仅好看，还很聪明的男人。伊一不知怎么的，有点沮丧。

之后的时间，杨木就一边同伊一喝酒，一边慢慢讲自己的经历，讲开飞机时遇上的风暴，讲差点死在 318 公路波密段的雨夜，若是平时，伊一肯定最讨厌只谈论自己的男人，但此时此刻，她合上了电脑，听得很认真，并且认真地想明白自己之所以讨厌，只不过因为自己的乏善可陈，没什么可以对别人讲述，没意思，没起伏，所以也没人听。

若将月亮放在太阳旁边，月亮不是不美，而是在太阳的光芒下，谁还会看得见月亮的存在？一个能够淹没别人存在感的人，谁会不讨厌呢？

她忘了同杨木说话时一共喝下去几杯酒，反正派对散场时，她裹起大衣和围巾，微微觉得头晕。闺蜜还像打了鸡血似的上蹿下跳，一一同朋友们拥抱告别，最后拍了拍杨木的肩膀说，伊一交给你了，帮我送回去，还有，她可不是那种随便的小姑娘，你不许乘人之危啊。杨木笑了笑，拉开出租车门，护着伊一上了车。

会下雪吧。伊一扭头看着飞驰的车窗外，天空阴沉沉的，高架桥边的高压电线上，垂着一只孤零零的风筝。她光着的小腿有一些冷，高跟鞋把后脚跟磨起了水泡，她想了想，自己从小到大做过的最勇敢的事情，大概就是今年冬天光腿穿裙子，既然日本电影里的女学生，在冰天雪地里穿着超短裙都冻不死，那自己应该也不会冷死吧。做一个新的决定，就好像有了一个新的人生，连走在办公室里带过的风，也有了英勇的气息。若是旁边坐着别的什么人，她或许可以与之讨论光腿过冬的话题，可身边这个男人，让她觉得说什么都不合适。

也许吧。杨木也往窗外看了看。他们之间隔着一条手臂的距离，礼貌又恰当。

出租车在这个寒冷的冬日夜晚从市中心向外开了 17 公里，车越来越少，路越来越空旷。下车后，伊一摇晃了一下，杨木伸手做出护她的样子，却没有碰到她，他说，平时不怎么喝酒吧？她点点头，感觉一身的苍白都被看穿。

想吐吗？是不是胃不舒服？

伊一是有反胃的感觉，所以下意识地一只手按在了胃上，但不至于在杨木面前连花瓶的形象也打碎。她说我上去了，谢谢你。

嗯。杨木点了一根烟，说你上去吧，我抽完烟再走。喝点热水，好好休息。

也许这个时候她可以陪他一起抽一根烟，可惜她不会，她觉得抽烟一定会得肺癌死掉；就算不抽烟，也可以一起站着说说话，可惜她语无伦次，说得越多越觉得自己拙劣；那就不说话，总可以默默待上一会儿，可惜她只想落荒而逃，遇到太强大的对手，她只想做个逃兵。

平时她总是"砰砰砰"地跺脚把声控灯弄亮，可是今天，却过分放轻脚步，生怕暴露了自己的胆小与恐慌。她总是恐慌许多事情。比如睡着了死在梦里，比如坐电梯会摔死，比如家里进了强盗，比如地铁车厢里有炸弹。还好，她提心吊胆却风平浪静地度过了人生中正在过去的每一天。

回到家里，她也没有马上开灯，而是走到窗前，透过半开的窗帘，看着楼下明灭的火光，和昏黄的路灯下的身影。一根烟抽完，他走开了，离开她的视线，雪花落下来。

这个冬天的第一场雪，在 12 月刚刚开始的时候。看着雪花在路灯的映照下一团团地飞舞。她也不知道自己为什么推开窗，让扑面而来的雪花凉凉地贴在脸上，再融化成水迹，酒醒了大半，人却没醒。

第二天早上，伊一如常 6 点就爬起来，没有任何的不适，她想若是锻炼一下，说不定自己也是合格的酒鬼。

复制粘贴的每一天，她把自己的每一个步骤都牢记于心。起床，洗漱，搭配衣服，做早餐，偶尔准备午餐，至于妆容，心情一般就打个底，心情好就画个全套，出门上班前，她有 3 个小时来度过充实的早晨。

正当她进行到做早饭这一步时，手机突然响起来，陌生号码，可她脑袋里马上就滑过了杨木的样子。从起床那一刻开始，她好像就在克制自己想起这个人，想起昨天晚上他抽烟的样子，可这费尽心思建立的壁垒瞬间就被击溃。更严重的是，打来电话的确实是杨木。

他说我在你楼下，买了点早餐，喝完酒的第二天应该都不怎么好受，下来拿上去吧。

她说我做了早饭，要不然你上来一起吃。在五楼，左手边。

趁着杨木上来的时候，她连忙穿上内衣，换上搭好的毛衣和短裙，随便抓了两下头发便开了门。

杨木说我住你附近，之前和一个女朋友也住过这栋公寓，你一个人住？

伊一点点头，在他面前的桌子上摆上烤燕麦、芝士三明治、厚蛋烧、切好的牛油果、脐橙、杨桃拼盘，手冲的咖啡边放着一小壶牛奶。他说你是不是猜准了我要来，她说我每天都这么吃早饭。

杨木抬起头又看了她一眼，说那我不客气了。

伊一在他对面坐下来，拿起一块三明治，觉得这场景有些荒诞。

她为什么要和一个才见过一面，并且相识不超过 8 小时的男人坐在一起吃早饭，吃自己做的早饭。在她的认知体系里，这是男女朋友才会做的事情。而面前这个人，别说是男朋友，连朋友也未必算得上。

伊一想问他为什么过来，可又觉得不应该问，所以只好默默低头搅动咖啡。

杨木说你是不是不太快乐。我觉得你不太容易快乐。

伊一说我没什么不快乐。没什么好快乐的，也没什么不快乐的，就像直线吧。

一个人也能好好给自己做饭吃，有点了不起，这是杨木的评价。

我这是为了努力活着，你做的事情呢是努力找死，所以还是你比较了不起。伊一终于接上一句能让自己满意的话。而后她站起来收拾餐盘，她说你还有事就先去忙吧，我要给自己做好午饭带去。

每天这样不会腻烦吗？

那你一直都在找刺激，也不会腻烦吗？

杨木想了想，好像无法反驳，只能耸耸肩，说你忘了我是无业游民吗？如果你不赶我走我就看你做饭，还能送你去上班。

你是想泡我吗？伊一切菜、爆锅，蒸米饭，熬酱汁，在案板与灶火间从容穿梭，不疾不徐，而那句"你是想泡我吗"在肚子里翻滚了100遍，终于也只能默默消化。

坐在摩托的后座上，伊一拘谨地环住杨木的腰。她从小就不敢坐摩托，总觉得分分钟就会被迎面驶来的公交车撞得粉身碎骨。所以眼睛紧闭的路上，在耳边呼啸的风声里，她反问自己，你希望他泡你吗？希望，还是不希望。

公司楼下，杨木挥挥手说，继续好好吃饭，回见。

回见，就是很快就能再见面的意思吧。伊一深吸一口气，转身走进了大厅。

夜里落下的雪没有在城市里留下任何痕迹。一切消失无踪，干干净净，连天空也格外晴朗。

中午，伊一在微波炉里热好饭，坐在休息室的落地窗边往下看。光秃秃的白杨树，灰头土脸的宽阔马路，厚重的冬衣裹着模糊的面庞，昨天晚上那些冷冰冰融化在脸上的雪花，会不会只是自己的幻觉？

说起来，凡是过去的日子，对她来说都像是一场幻觉。

现在的公寓，还是同前男友一起租下来的，那本是她唯一为之洗手做羹汤的男人。大学四年，学金融的她借了父母的钱炒股，只为赚那张来回她与男友城市之间的飞机票。四年的时间，她数不清有飞机恐惧症的自己究竟飞过多少次北京与昆明，经历过多少次必死无疑的念头，想象过多少次飞机坠毁的场景。

毕业后，男友建议同别人合租，伊一不愿。在某些方面她有莫名的洁癖，无论是赚 4000 块钱还是赚 10000 块钱，她都要只属于自己的房间，要好看的餐具，要干净的浴室。就这样租下了这间一室一厅。她每天费尽心思做好看又好吃的饭菜，欢欢喜喜地经营自己一眼就看到老的生活。

有人喜欢冷冰冰

就好像一支顺畅的钢笔也会有断墨的时候，前男友对于她来说就好像是那支钢笔，一往无前地一笔画下去，却突然只剩下笔尖划破纸张的痕迹。

他说厌倦了北京，厌倦了压力，厌倦了单调的快节奏，厌倦了看不到未来的奋斗。他在她上班的时候回了昆明。她深夜回家，本想同他好好谈一谈，却发现他并没有给自己机会。虽然他没有说也厌倦了她，但伊一知道，她同这座大多数人都不太喜欢的城市一起，被厌倦了，被抛弃了。

凌晨一点，她为自己煮了一顿火锅，那天也下雪了，一年也已经过来了。

那天晚上，她下班回家，去了附近的集市，买了新鲜的蔬菜和肥牛卷，又给自己煮了火锅。夜幕里在餐桌前坐下来，看看窗外的万家灯火，还会下雪吗？万家灯火，是她多喜欢的一个词，好像人生全部的寄托都在其中。她按下电火锅的开关，耐心等待红汤沸腾，也好像在等待别的什么。

她不时看看手机，漆黑的屏幕没有丝毫亮起的迹象。她仍旧在压抑自己期待早上的人还会露面的渴望，却结结实实地把每一样菜都备了两人份。

红汤沸腾起来，她把温度调低，涮了一片肥牛，腌进加了蚝油与陈醋的蒜泥香油里，满足地吃下去，却叹了口气。

是不是可以给他打个电话呢？算了，也太自作多情。可是，

又很希望这个寒冷的夜晚，能和他一起吃火锅。他会喜欢火锅
吧？伊一想着拿起手机，旋即又放下，专心吃起菜来。最终，她
独自吃了一个半小时，把满满一锅红汤倒进马桶，盘算着剩下的
那些菜明天可以做些什么。

　　睡觉前她躺在床上，把杨木的各种 SNS 都翻了出来，一条一
条地看。看他去雅典跑马拉松，看他在长岛玩降落伞，看他参加
青海湖拉力赛，看他照片里风一样的男人和女人们。没错，他们
是另一个星球的居民，有另一种语言和另一种文明。伊一突然觉
得有点难过，用力把手机扣在了床头柜上。

　　第二天，第三天，杨木都没有再出现。社交平台上也没有任
何的动态更新。伊一在做饭时候突然想到，这家伙不会是死在哪
里了吧？随即又摇摇头，死掉有时候也没有想象中那么容易，他
看起来也不像随便就会死掉的人。

　　周末，闺蜜约她逛街。一起在试衣间里相互拉背后的拉链时，
她假装不经意地问，你们和那个杨木是怎么认识的，我怎么不知
道你朋友里还有这种怪咖。

　　我们去新疆自驾，车坏在半路，他骑个摩托正好路过，帮我
们修好了车，还带我们去附近的牧民家里吃了一顿地道的哈萨克
午饭，就成朋友了。他可是朋友遍天下，特别够义气，就是让人
没有安全感，不然我也喜欢他了。

是，天天在外面找死，有安全感才怪。

我说你是女人吗？！我说的不是这种安全感，是他甩过、甩过他的妞都太多了，哪个女人能给得了这种男人一天一个样的新鲜感。

嗯，每天都要换一种菜，是有点难。

闺蜜敲了一下她的脑袋，菜菜菜，满脑子菜，我看你就快变成一棵菜了！你啊，就是太不追求新鲜感，你这个工作狂到底什么时候能休休假，去个丽江，艳遇一下什么的。你看杨木，现在估计都该到智利了，人家那才叫活着好吗？

他……去南美了？已经去了？

是啊，他们车队去比赛。

哦。伊一换回自己的衣服，顺手摸了摸膝盖，真凉啊，南美，应该很热吧。她看了看镜子里的自己，他说对了，这是一张不快乐的脸。而他们，终究是没什么关系的两个人。假如那天晚上她借着酒劲没有让他走呢？算了，你以为人家真想泡你吗？又回到了那个翻炒了百遍的问题上。真是无聊啊。

晚上她回到家，在小区里跑了6公里，顺便去便利店买了几根火腿肠，在流浪猫固定出没的地方喂给它们。

今天这里多了一只新的小奶猫，头顶和背上有黄色花纹，眼睛大大的，一直盯着她，她想去买一盒牛奶给它，抬脚要走，小猫却跟了过来，她停下，它也停下，她迈步，它也小心翼翼地抬起小爪子，她说不然你跟我回家？它歪着脑袋，并不躲闪。

伊一攀着胆子伸手去抱它，它乖乖就范。你看，连猫都和人一样，有些宁愿每天半夜翻垃圾桶，惊心动魄地逃窜于拾荒人的脚步间，而有的，天生向往遮风避雨的屋檐，贪恋一人臂弯。

她把自己暖脚用的厚实棉鞋搁在阳台，将小猫安置其中，面前放一碗牛奶，关上了玻璃门，她说明天我就带你去打针，好好睡觉。小猫低头舔起牛奶，伊一则抬头望向阳台外的天空，看来是不会下雪了。亚马孙河是夏天吧？这个世界真是神奇。同样的天空，同样南来北往的云和风，偏偏白昼与黑夜不同，热天与冷天不同，连日期都不同。我们被吞噬掉的时间，究竟掉进了哪条深不见底的海沟？

第二天一早，她把小猫装进帆布兜里，打车去宠物医院。做了检查打了疫苗还洗了澡，医生随口问你打算叫它什么，伊一随口说，喵。小猫扭过头，也冲她喵了两声。那就叫"喵"吧，和自己的名字一样，不用思考意义，也基本没什么意义。

这个 12 月，她没想到自己成了猫奴，心里有一个偶尔会想起的人，有时怕他死了，有时又希望他死了变成传奇，但更多的时候，她知道喵与自己有关，而那个人，和自己大概永远也不会有关系。只是，她养成了偶尔看他 SNS 的习惯，看他更新照片和日志，丛林里的篝火，那么璀璨，她从不评论，只是看。

正月初一那天，闺蜜非要给她庆生，她说你把日子过得死气沉沉，穿那么美的裙子做那么美的饭菜有谁看？有谁知道你心里还有个自己的大世界？你得心胸开阔起来！

伊一说原来我在你心里那么特别。

特别。她笑了笑，如果自己也算特别，那个再也没有联系过自己的杨木又该叫什么？

闺蜜说你别管了，我叫些朋友来热闹一下，顺便给你相相亲。

说来也怪，我们拼命拒绝父母的催促与安排，却变着法扮演着别人的父母，伊一耸耸肩，随便你喽。

这个世界上，最讨厌的学霸，就是告诉你他申请了 SAT 考了美国高考，你以为他再也不在竞争范畴，却在高考前杀回来，轻轻松松考了第一，比如杨木。

伊一生日那天，闺蜜刚刚介绍完各位单身男女青年，准备共同举杯切蛋糕时，杨木推门进来，身后还跟着一个长发长腿长眼睛的女孩，穿白色短毛衣黑色阔腿裤，一双厚底马丁靴，皮肤和杨木的颜色差不多，有风吹雨淋的痕迹。杨木从女孩手里拿过袋子递给伊一，他说这里有一本巴西的食谱，也许你愿意换换口味，还有一本相册，里面是亚马孙流域的热带植物标本，我想你大概会喜欢。

同行的女孩白了他一眼说，什么标本啊，就是他自己摘的叶子。

除了不尴不尬的谢谢，伊一不知道还能说些什么。她做好了他再也不会出现的准备，结果他如入无人之境，想出现就出现了，稀松平常。更重要的是，他揽着身边女孩的肩膀说这是我女朋友，是摩托车赛车手，叫……伊一屏蔽了她的名字，只记住了"女朋友"这掷地有声的三个字。他是什么时候有女朋友的呢，还是他一直都有。她默默把礼物放在沙发上，举起了酒杯。

女朋友待了一小会儿，说楼上的包房有一拨朋友叫她去，便先行离开。杨木便自然而然地换到伊一身边坐下来，去碰她的酒杯，说小厨娘生日快乐。

感觉像说我这辈子就只能做别人的糟糠之妻似的。伊一同他碰杯，还是一口就喝下去。

你这样喝酒，一看就知道没经验，很容易被灌酒。

你接下来会去哪里？还是要找我这根救命稻草缓口气？伊一突兀地转了话题。

还没想好。杨木往后靠在沙发背上，长长松了口气。大半个月的长途跋涉、漂洋过海并没有让他看上去很疲劳。不知道为什么，他松懈的姿势，让伊一有点想哭。她赶紧自己给自己倒了一杯酒喝下去，大颗大颗的冰块在清澈的杜松子酒里迅速融化时，她好像才舒服了那么一点点。

闺蜜可能是唱歌唱累了，大咧咧地一屁股坐过来，拉着杨木开始八卦，说那妞不错啊，怎么拿下的，什么时候的事情？

杨木说就是在巴西，这姑娘去参加一个越野锦标赛，酒吧里遇上了，都是中国人，自然要闲扯，扯到都是北京人，姑娘接下去也没别的安排就结伴同行。

闺蜜说，想想也是，南美热带雨林那种地方把个妹，可比丽江爽多了。这个打算多久？闺蜜伸出手指头来，三个月？一个月？一个星期？杨木笑着推开她的手，谁知道多久呢，走到不能一起走的时候，说声再见，也许不小心就走了一辈子，也许明天她要去南极我要去北极呢。闺蜜说，你不是找女朋友，是找对手。

可是势均力敌不也是爱情的充要条件吗？这时候伊一倒是很想帮杨木说句话，却依然只沉默地动了动嘴巴，又喝光一杯酒。

酒真是奇妙的东西，喝多一点就能淹没掉那些漫长而空洞的时光，喝着喝着，第一次见杨木后那空白的一个月不翼而飞，好像昨天他和她面对面吃早饭，今天他又送她回到了楼下。女朋友丢下他和朋友换了居酒屋继续第二场大酒，所以送伊一回家的任务又被闺蜜安在了杨木的身上。她不知道闺蜜是不是看出了自己那一点点的小心思。

杨木把头盔丢给她的时候，她迟疑了一下，说你要骑车？

嗯哼。杨木吹了一声口哨，上车吧，小厨娘。

她皱了皱眉头，特别认真地说，不行，你喝酒了，骑车危险，我们打车。

醉生梦死一场，老天对你的眷顾比你想象的多。

31

　　伊一坚持，还一把将他从铁驴子上拽下来，差点把这个大高个给拉翻在地，她说不可以就是不可以，跟我去叫车，你也别想自己溜走。

　　杨木无奈地笑了笑说，没看出来你力气还挺大，感觉应该你保护我回家。

　　好。伊一没有一点开玩笑的样子。可只有天知道她坐进出租车时，心里有多后悔。如果是那个女朋友的话，大概二话不说坐上去就随他出发，在环路上风驰电掣，说不定还会唱起歌来，护城河外坐上一宿吧。

　　他又习惯性地抽出一根烟，她看他点着，看他吸进去第一口，看他微微眯起眼睛，吐出一个小小的烟圈，他夹烟的手指有一种坚硬的性感，好像也只有那个女朋友海藻般茂盛的头发才能配得上这样一只手的抚摸。

　　杨木看她踟蹰着看自己，也不离开，便催她上去，说难不成你也想来一根。

　　如果说来一根，如果说我们去兜个风，如果说我们去买一打啤酒，如果说我们去天台吹吹风，是不是明天就是不同的一天？可她还是摇头，说你去接女朋友吗？

　　她啊，一般喝了酒就直接睡那儿了。

　　你……不担心吗……

有人喜欢冷冰冰

担心什么？担心她睡哪儿还是担心她睡谁？

那才是他喜欢的姑娘，如同他喜欢的生活，伊一说，那个，明天早上来吃早饭吧。

杨木歪过头看她，她庆幸单元门口的路灯已经坏了三天，照不出她憋红的脸，她说我很容易养成一种习惯。说完就飞快地跑上楼去了。心知肚明，看过这么多世界也看过这么多女人的杨木，一定什么都明白。她玩不起他的游戏，但还做得起一顿早餐。

可是她刚刚回到房间打开灯，敲门声就响起，她知道是他，拉开门，他说可我不想吃早饭，我现在有点饿。

伊一用 10 分钟给杨木煮了一碗手擀面，里面放了小白菜，淋了香油，杨木盘腿坐在地毯上吃，喵很没有节操地窝在他旁边，用脑袋蹭他。他说这么快你就多了一个家庭成员，真意外。她说我也很意外。而更意外的，是你现在就在这里。

杨木吃了面自己去洗碗，并没有要走的意思，反而回到地毯上坐下来，逗喵玩，眉目柔和，像极了居家好男人。然而再像，也只是像。伊一叹了口气，差一点就要问他你什么时候回去，好在她硬是咬牙咽了回去。

你看美剧吗？或者电影？

伊一说我有些纪录片，你不嫌弃的话……杨木说正好，我只是没想到你会喜欢纪录片。她真想问问他，关于自己，他究竟能想到些什么。

于是她在面前的茶几上放下两杯刚刚煮开的奶茶，自己则在他身边坐下来，一起看一部有关南美洲的自然纪录片，一边看，杨木一边给她讲在南美遇到的好玩或者危险的事情，也会提到那个女朋友。伊一好像全听进去了，又好像没有。酒精把脑袋搅和得有点晕，但还不至于不清醒，就算不清醒，伊一也知道身边坐着的，可是标准的浑蛋男人啊。可那又有什么办法，她还是想在他身边坐下去。

特别特别困的时候，杨木似乎伸出一只手，想把她的脑袋放在自己的肩膀上，可她下意识地往旁边挪了挪，挣脱开他的手。其实也到不了挣脱的程度。那时候自己有没有害怕，有没有期待，她都不太记得，因为太困，太疲累，她只知道杨木说困了就睡吧，而后就像什么都没有发生一样。

等她再睁开眼，发现自己躺在沙发上，身上盖了被子，还盖着喵，而杨木已经离开了。没有留下纸条，也没有留下消息。啊，他果然是浑蛋的男人，可她为什么，却不讨厌他呢？

这天之后，杨木没有消失，他的 SNS 每天都很热闹，今天和女朋友去欢乐谷把太阳神车刷了二十遍比谁先吐，明天去吃六顿火锅比谁先拉肚子，后天去徒步野长城淋一场湿透的暴雨。他都不累吗？怎么会有这么精力旺盛的人啊。伊一把衣柜里的衣服一件件按照颜色渐变挂好时，抿了抿嘴巴。

她的房间同她的人生一样秩序井然，牙刷只能朝右边摆，水杯要按高矮排排站，所以她也无法把自己的脑袋搁在杨木的肩膀上，两者之间，从等差数列的角度计算，还隔着太多东西，是决不能够心安理得并排站位的。

她看到他说伤了腿，足不出户歇两天，便终于主动发信息给他，说我午饭做多了，给你送去，给我地址，我已经在路上。其实她没有在路上，也没有做多，她只是不想把自己说的话变成疑问句，让他有拒绝的可能。

半个小时后，她空着肚子抱着原本属于自己的午饭，敲开了杨木的房门。果然离自己的公寓非常近，站在他挂满了衬衫的阳台上，能够看到自己公寓的大楼，如果悉心辨认，大概连自己的窗口也能数得出。

她不知道他有没有站在这里，寻找过她的窗口。

他说太麻烦你了，还让你特意从公司跑一趟，来吧，一起吃吧。

啊，是啊，伊一底气不足地笑了笑。今天是周四，她当然在上班，怎么可能带着两个人的午饭去上班呢？多么拙劣的瞎话，真是藏也藏不住地丢人。

想不想跟我去滑一次雪？吃秋葵的时候，杨木突然问她，不滑雪的冬天可不算是冬天啊。

滑雪啊，她迟疑了一下，我不敢。是了，她从来就不擅长任

何需要胆量的运动。

学会了就不害怕了，很简单的，真的不去？

伊一摇头。她问自己在固执什么，这是多好的机会，可以缩短一点两个人之间的距离。可同时，她又知道自己为什么固执。就好像内心有一条执拗的底线，不是不想去，也不是不敢胆大一次，只是不能，不能答应他的任何冒险，不能随他冲锋陷阵。

她深知，不是扛上猎枪穿上皮靴她就能英姿飒爽地走在丛林里，那不是她。真实的她只是说，你腿养好了再去，不然耽误多少你翻云覆雨的好日子。

哎呀，这话有点酸溜溜啊。杨木呵呵地笑，说过段时间要去泰国学潜水，我们都想考一个潜水执照。考到了的话，就在热带岛屿教潜水。你要是哪天想开了，可以来找我。不会淹死你的。

"我们"的意思，自然是他和女朋友，她说杨木，我有点羡慕她，我羡慕那么洒脱那么有活力那么有勇气的女孩子。

让她庆幸的是，杨木没有不走心地说"你也可以的"，因为他知道她不可以，就像不是付出一样的努力，学渣就能秒掉学霸。人生的残酷不就在于，那些在出厂设置里被写定的程序，无论你怎样升级修改，只要一点"还原"，就依然打回原形。

杨木说的是，其实你不懂，整天咋咋呼呼的人，心里也许更脆弱，远不如你笃定坚实，他们自己抵御不了寒冷，所以是那么容易抱团取暖，容易到你觉得他们一个个全都是浑蛋。这一回，他没有习惯性地笑。

伊一忽然说，可不可以不要去?

滑雪?

潜水。

为什么?

因为……危险……

危险不是我害怕的事情，我害怕的是没有危险，也没有快乐。

那是我害怕的事情。伊一说完有些赌气似的收拾起饭盒，逃离了他的公寓。所以她没有看到杨木看着被她摔在身后的门看了很久，很久。

她一边走一边哭，也不太知道自己哭什么，又或者哭的原因太多，干脆任何一个都不想去努力安慰。下午的会议可能要迟到了，而她刚刚经历了自己人生最重要的冒险。一定会被骂，自己还有讲 PPT 的任务在身。春季的校招又要启动，那些一年年来到公司又离开公司的年轻面孔里，有多少人，是自己，又有多少人，是杨木呢?

他果然刚养好了腿伤就去滑雪，却出乎意料地给她发了消息，说雪场的夜晚有多美好，星星有多美好。他说这些美好，你全都看不到。

伊一怔怔地盯着手机看了良久，琢磨来琢磨去，什么有意思

的话也琢磨不出来，只能干巴巴地说，注意安全。

就算她看到了那些美好又能怎样呢，看到夜晚，看到星星，看到他的眼睛，也许滚一遍床单，把每一天当作末日般英勇度过，那然后呢？他们各自有多少热量能够奉献给彼此，最后还不是要寻找新的木柴，燃烧新的火种，才不至于在漫漫旅途中，被冻死。

那样没有意义。现在呢，来往两条信息，似乎也没有什么意义。

她知道自己可以不回复，一次的不回复就足够说明一切，可她忍不住。就像冬天里光腿穿裙子，下雨也要去跑步一样，杨木就是像这样的存在。

但是他们没有再见面。就这样懒懒散散地联系着，联系着，伊一就忽然收到杨木的消息，说我们去泰国了，正在飞机上，马上就要关机了，到了我会告诉你。

她不知道他究竟能不能抵达，也不知道他能不能回来，也不知道他的告诉不告诉是有意义还是没有意义。她只知道，自己对杨木没有任何期待，相信杨木对自己，也是如此。至少，他们南辕北辙的人生里，都在此刻，只看中此刻。

所以她依然只是回他，平安回来。

回完信息，她不知怎么的就睡着了，凌晨 4 点醒来，觉得空气干燥，嗓子快要裂开，便起床去倒水喝。她一手拿起玻璃瓶倒水，一手漫无目的地滑开手机，下意识就去看杨木的状态。

一个小时前，他更新说，落地了，以及，人生中听过最意外的话就是，平安回来，没有女孩和我说过这句话。

那又怎么样呢？

伊一把手机反扣在桌面上，喝光满满一杯水，回到床上，很快便睡着了。

原来爱情也该足智多谋

1

茶楼包厢，四个人正在玩四川麻将血战到底。姜翠微手旁赢的筹码最多。还有不在场者拿手机胡乱买马的，不过是远程逗逗麻将桌上两个女人开心。

翠微又和了个清一色大对子带杠，满和了，她一边吮着手里的凤梨干嘻嘻笑，一边给旁边的赵天晓看看牌。另外还有一个Polly，一个Peter，蹙着眉头看着池子里的牌，讨论着最后还能不能剩一只金张。四个人都是四川人，都留过洋，总归是又爱说英语又爱讲四川话，尤以 Polly 和 Peter 为甚。

赵天晓正不晓得该出哪一张牌，于是抬头瞪了那叽叽喳喳的两人一眼："我说你们两 P 能不能先别吵，搞得我都不知道下哪个'叫'了。"

Polly 娇气地回嘴："还怪我们吵你，我们没催你就是好的了，这包厢可是按时间计费的，就你这速度，打一晚上，茶钱都赢不出来。"

赵天晓的牌刚一落地，Peter 就跳起来："和了！"

Polly 和姜翠微两个女人一阵大笑："千挑万选送上去让人和！"

现在牌桌上就剩下 Polly 和赵天晓了。Polly 抿着嘴，一副要笑不笑的样子，摸起一张牌就看赵天晓一眼，把赵天晓的心都给看乱了。现在两个人就比赛着谁能先摸到自己的那张和牌。牌摸尽了，两个人都没和成，于是灰心丧气地推了城墙。时间也不早了，大家各自算了算抽屉里的筹码，摸出钱包里的钞票把账彼此兑清了。

"哎呀，最后一局，不要了不要了。"翠微一贯大方，何况她是今晚唯一的赢家，先拎上自己的包包替大家付茶钱去了。

Peter 就问赵天晓："你老婆没给你定宵禁时间吧？"

"定啊，怎么没定？"他心不在焉地回了一句，顺便又看了一眼 Polly。

翠微回来了，大家商量着怎么回去。赵天晓和 Peter 都是开车来的，于是让翠微跟赵天晓顺路往北，Polly 只好跟着 Peter 往东。

现在这个四川人的圈子，没有人知道姜翠微是赵天晓曾经的情人。那都是同在美国念书时的事了。

他前脚回国，然后结了婚。她后来又在美国姗姗地交过几个男友，才回来。

"我觉得那个 Polly 对你有点儿意思啊。"车由姜翠微开着，赵天晓晚饭时不小心喝了几口酒，这段时间查得严，还是要小心一点儿。

"对我有意思的女孩子多了。"赵天晓有一种很安全的得意。

"不过你麻将技术倒是一如既往地不行。"姜翠微笑。

"我不是那块料。"他说。不知道为什么，语气却相当悲情。

一个四川人打不好麻将，就跟不能吃辣似的，几乎成了一种原罪。

"下个月我就到上海去了。"姜翠微说。

"去出差吗？"

"那边有个公司，给的待遇挺好的，我打算过去做，不在北京待了。"翠微的脸上并没有什么多余的表情。

"什么公司啊？"赵天晓还是心有些不甘。

"一个刚起步的外企。"看样子姜翠微并不想对他多说。

车很快就开到了赵天晓的小区外，姜翠微先下了车："你自己

原来爱情也该足智多谋

开进去吧，这一小段路，应该没问题，我打个车，10 分钟也就到家了。"

赵天晓还来不及拦住她，翠微就坐进了一辆出租车。出租车开走了，姜翠微和赵天晓就这样分手了。

2

姜翠微再回北京就是 5 年后了。

赵天晓忙着挣钱养家跟带娃，Polly 倒是嫁了个北京土著，只剩下 Peter 依然在打光棍儿。而姜翠微也有了一个男友，是她曾经的老板，现在的合伙人，一个快 50 岁的美国男人。他俩现在合伙另注册了一家公司，其实基本复制的是原来那家上海公司的模式，现在回北京做得风生水起，明年计划还要在成都和广州开分公司。

几个人又约好到茶楼里打牌。

姜翠微到得晚，她依然开朗爱笑，就是身材走了点儿样，她怀孕了。

四个人又你推我让地坐下来，Peter 依然是最八卦的那个："听说是怀了个混血？"

姜翠微但笑不语。

"婚礼咋不请我们呢？" Peter 还问。

"哪办婚礼了？他婚都还没离呢。"姜翠微也不隐瞒。

倒是 Polly 睁大了一双无辜的眼，左右瞟了瞟两位男士，觉得

这真是件惊世骇俗的事，而她婚前明明是最 open 的那位。

姜翠微看在眼里，嘴上不再多言语。赵天晓问："要孩子是你的决定还是两个人的决定？"

姜翠微说："没谁决定，突然有了，就这么要了。再说，就算他不要，凭我的能力，还养不大一个孩子吗？"

姜翠微现在开的车是上百万的英菲尼迪。

四个人的生活如今有了很大的差异。慢慢地，牌就打得没趣味了。这回，急匆匆说要回家的是 Polly。Peter 摊一摊手："Sorry，我今天没开车，送不了你。"

Polly 忙着收拾她的手提包："谁要你送？我老公已经到楼下了。"

但她始终没有引荐她老公给大家认识，据说特别有钱，又据说特别难看。

这回，姜翠微也住去了东边，跟 Peter 顺路，留赵天晓一人悻悻往北。

Peter 在车上问姜翠微："感觉天晓今天不在状态。"

姜翠微说："没看出来。"

Peter 又说："姜总，之后有什么发财计划，记得叫上我们一起啊。"

姜翠微笑："好。"

"我快辞职了，老在政府里头干也没什么意思，现在跟朋友合伙搞了个餐饮项目，开连锁麻辣烫店。"Peter 能打麻将也能吃辣，身上别的显著的四川人特点，可能是个子相对矮了点儿。

"挺好挺好，回头要是需要店面设计，我帮你介绍设计师。"

"设计师倒是不急，你要有合适的姑娘，记得给我介绍介绍。"Peter 贼贼一笑，又多朝姜翠微看了两眼。

3

姜翠微并不是全然靠那个美国男人才走到今天的。

当初去上海时，办公室里都没有一张现成的桌子。她舍不得花钱找工人，堂堂一个所谓的"总监"，蹲在地板上，拿改锥和螺丝把一张张桌子给组装了出来。她曾经是把那个初创的公司当成自己公司对待的。

论能力和胆识，赵天晓和 Peter 都在她之下，更别提那个 Polly。

跟 Peter 和 Polly 不同，她如今这个美国男友，却偏偏不喜欢别人叫他的洋名，非要取一个硕大的中国名字叫浩瀚，自我介绍时，实在听不清楚他在叫自己浩瀚还是好汉。

除此之外，他们在一起，说最纯正的英语，喝最醇正的红酒，每年去南汉普顿度假。当年在美国留学，过的可的的确确是校园版的底层生活，最奢侈的举动不过是排队去一趟城中热门餐厅吃一次牛排，跟现在没法比。

姜翠微顺利地把孩子生了下来。当时在产房外，浩瀚激动地哭了，姜翠微却没有显得太大惊小怪。

孩子啊孩子，我生了个不在乎她父亲是谁的孩子。

而浩瀚当初是怎么打动了她？此刻在产房，姜翠微平静而虚弱地回想，或许只是那次在旧金山，在码头附近的那家靠海的餐厅，外面停满了游艇，而夕阳正好，金黄色的光线笔挺地从窗外灰蓝色的风景里照了进来，就照在她面前的那盘龙虾上。那画面不用滤镜，照出来也显得特别高级，而他适时地用中文说了一句"我爱你"。

太浪漫了，为什么不答应？她反正现在什么都不缺。一个百般宠爱她，能让她活得柔软而高级的男人，不就是她的所需？

5年后的今天，姜翠微感觉到，赵天晓的的确确已经成为一个过去式了。当初即便他已经结了婚，她对他也一直有一分难舍之情，他或许也有。而今，他恐怕对她也没有了任何留恋。她跟了一个外国男人，这估计比跟了 Peter 还让他没法接受。一个和外国男人搞在一起的女人，而且这个男人上了年纪，又有家室，那么，这女人一定是需索无度的，恐怕利欲熏心到了极致。

姜翠微知道，他们这四个四川人，恐怕以后是不会再一起打麻将了。

4

因为有了个不足周岁的孩子，今年夏天姜翠微就没去美国，一个人带着小洋娃娃还有保姆去了海南度假，她没有要求浩瀚一定也来。她独自旅行的时间一直很多，她和浩瀚的生活彼此还是很独立的。

傍晚时分，孩子由保姆带着在房间里玩，她一个人去酒店的私家沙滩上散会儿步。太阳即将沉入海水以下，最后那一点儿晚霞的光影里，对面有一个人似乎正朝她走来。走得近了，才发现是浩瀚。浩瀚在假装惊讶："天，怎么会在这里又遇上你？"

姜翠微不禁笑了，她今年已经 38 岁了，只有对这样拿捏得恰到好处的惊喜和浪漫才笑得起来。浩瀚朝她单膝跪下："这就是命运吧，女士，嫁给我，不然我就去跳海。"

浩瀚为她离了婚，基本净身出户，但姜翠微倒也不在乎。

接下来，姜翠微过了人生烦恼最少的 5 年，直到 5 年后的一天，浩瀚因心脏病发作，突然死在了他最喜欢的那辆老款奥迪软篷车里。死之前，他将车缓缓停在了路边，打开了双闪。

而此时的姜翠微已经赚足了一辈子也花不完的钱，她不知道孩子是怎么消化和吸收了她这个年过半百的父亲的死的，但孩子在不可阻止地成长以及茁壮，能找到越来越多属于自己的朋友和乐子。而她姜翠微老了，浩瀚·马克斯先生的死，让她觉得自己不仅老了，而且孤独极了。

她想，她该找人打打麻将了。

彼时赵天晓也离了婚，却跟 Polly 有些不清不楚的。Peter 的连锁麻辣烫店没开起来，倒是在前两年的股市里发了财，如今四处打高尔夫球，倒茶叶，人是没长个儿，但瘦了，据他说是因为吃素，还找了个师父皈依了三宝。

人生就是给你足够的时间，看彼此都变成面目全非的样子。赵天晓成了一个有小肚腩的寻常中年男人，再也不是大学时那个倜傥风流的赵公子了。而今即便他离了婚，姜翠微也对他没有半点儿意思。当然，人家想搞的也不是她。

今天的麻将局，Polly 并没有来，替补的是一个二十出头的小姑娘，皮肤白，眉目长得有点儿像刘亦菲，人小但满口飙四川方言脏话，目前还看不出来是赵天晓还是 Peter 的菜。

四川麻将里没有"吃"，姜翠微的上家 Peter 倒老给她点"杠"。杠按川麻的规矩，现场立马开钱。另外两个人一并埋怨老是受 Peter 的牵连。

姜翠微赢得红光满面，小姑娘越打越有气，牌撂下都是掷地有声。姜翠微看见她撂牌的一只手上戴的是卡地亚蓝气球，心想这个小姑娘可能还有点儿不简单。

姜翠微早就下了叫，小姑娘点了她几圈炮，她都没和。"你毕业了吗？"她问"刘亦菲"。

"毕业都一两年了。"她缺的一门是万，现在还不停地打出条子，必然是一门心思在凑筒子的清一色，忙得眼皮都不抬。

姜翠微想了想，打出了一张二筒，算着她估计会和这一张，心想就逗她一个开心。没想到她下家赵天晓抢着和了，而且还是个小屁和，气得小姑娘直骂赵天晓的娘。另外三个人就笑作一团。姜翠微心里想，20 岁可真是好啊。等我的小姑娘长到 20 岁的时候，我就差不多 60 岁了。那时候，真的该去茶馆打老年麻将了。

但小姑娘可不是这么看姜翠微的，姜翠微虽然早就过了 40 岁，但依然皮肤白皙，就算有几条皱纹，那也是充满了生活优越感的皱纹。何况她戴的珠宝，拎的包，让她简直在房间里发光。小姑娘其实视姜翠微为偶像，就跟她当年一样，根本没有把旁边这两个男人放在眼里。

麻将打完，大家盘点收拾着准备回家。赵天晓原来北边的房子留给了前妻，现如今这三人都住去了东边，也都是开车来的，姜翠微想着这姑娘到底会搭谁的顺风车，没想到她站到了自己身边："我跟微姐走吧。"

"微姐，你现在都忙些啥呢？"小姑娘在副驾驶座上问她。

"不忙啥了，就忙着带孩子啊，孩子去上学了就在家煮饭打扫卫生。"姜翠微说得并不假。

"微姐能给我介绍个好点儿的工作不，我不想在现在这家公司干了。"现在的小姑娘都不会拐弯抹角。

"你学的是啥专业啊，现在做哪个行业？"前方有并线，姜翠微忙着看后视镜，问得有些心不在焉。

　　"学的商科啊，现在在一家银行。"小姑娘垂头丧气的。

　　"这不挺好吗？多好啊，我当年那么想进银行就是没进成。"姜翠微说。

　　小姑娘听出姜翠微是在敷衍她，便没把"也给我介绍个外国男友吧"这句话讲出来。

　　"微姐，啥时候去你家打麻将嘛，听说你家特别大。"下车时，小姑娘跟她寒暄，背后是个破旧的老小区，翠微这才注意到她还提了一个 Mulberry 的包，只可惜金属扣有点儿歪。

　　姜翠微笑了笑这个小姑娘："要得，下次请你们来。"

5

　　姜翠微现在的生活内容就是煮饭，学茶，还有瑜伽。最近还有人给她介绍了一个地方可以学国画和书法。

　　这天，Peter 蹿到了她常去的一家茶具店，神神秘秘地对她讲："听我说，卖两套房子，把钱拿来买这只股票，几个月后你就有十套。"

　　姜翠微瞅他一眼，笑说："神经病。"

　　"你看我是不是最义气的那个？大好事都是想着你的。你不要多问，快买。"Peter 在那里跺脚。

姜翠微也不是完全信不过 Peter，但现在的她已经不想叫心脏再去受这些额外刺激了，她也不想再去挣更多的钱："好了好了，我知道了，等我今天先把茶海挑好。"

"一定要买！听见没有，我就跟你说一句，×× 和 ××× 两位大佬都买进了，绝密，别再跟另外的人讲！"

姜翠微笑着咳嗽了一声，拍了拍 Peter 的肩膀，赶紧一并出去了，别扰了人家茶具店的清静。那天倒也是巧，晚上到一家面包店买点心，竟然又碰见了那个小姑娘。

"哎，怎么你也在这儿买东西，对了你叫——"姜翠微跟她打招呼。

"Poppy。"小姑娘使劲笑。

两个人在面包店坐下喝了一杯茶。闲闲散散地谈了一些有的没的，Poppy 就问她要不要做些什么理财，姜翠微说该做的都在别的银行做了，后来又答应她明年把钱转些到她们银行来，算替她完成些存款任务。

又聊到股票，Poppy 刚入市，还不知道买哪些好，姜翠微就随口说了 Peter 告诉她的那一只，末了又叮嘱了一句："股市有风险的，你还是要小心点儿好。"

小半年又过去了，这天 Peter 急吼吼地给姜翠微打电话："股票，股票当时你买了多少？现在眉开眼笑了吧，最近可以抛了。"

姜翠微说："啊，我忘记买了。"

Peter 在电话那头大呼小叫，因为那只股票涨了近 10 倍。然而拼了身家买了这只股票的却是 Poppy，她可是奉姜翠微的话为圭臬。

等下次再打麻将的时候，Poppy 就没来了，听说是买了房子，最近在忙着装修。Peter 也没来，好像是跑南极去玩了，赵天晓则忙着跟前妻复婚，人影子都见不着。今天在姜翠微家打牌的是和她一处学毛笔字的几位太太。

今天玩广东麻将，有东西南北中发白，有碰有杠还有吃。"对了，你们听说没，米老师离婚了。"坐姜翠微对面的太太姓李，米老师就是她们的书法老师，30 多岁，家境不错，她有个上幼儿园的孩子，总穿棉麻衣服，一副不食人间烟火的样子。

"好像是吧，蔺总条件好嘛。"姜翠微右手边是傅太太，蔺总也是书法班的一员。这个高级书法班开在二环一套古色古香的名贵四合院里，学员资质受过严格的审核，说白了都是些有钱有闲之辈。姜翠微没想到这个看上去相当遗世独立的米老师还这么有野心。

另外一个古太太，早和先生国内外两地分居，如今也在四处物色可靠的男人，没想到竟被一个书法老师抢了先。

古太太从鼻子里哼出一口气："千算万算就是没算出这种和法来，唉，东风。"

姜翠微招呼阿姨给太太们上些水果，可这麻将却越打越悲观。

姜翠微觉得自己今天是和牌无望了。突然换了规则，她手生了。

<h1 style="text-align:center">6</h1>

无论是在婚姻还是猎艳市场上，姜翠微感觉自己都已经没了什么优势。比自己条件差太多的，她当然看不上，自然不算在内。也许是已跟过洋人一场，如今她又爱上了东方感的一切，一心希望身边能有个儒雅气质的男人做伴。说实话她对蔺总是有些心仪的，但话又说回来，她除了比那个米老师有钱，估计哪方面都比不上她。

姜翠微的毛笔字也不去学了，茶席也懒得去摆了，上百货公司给自己胡乱买了几副首饰十几身衣裳，就剩在自家衣帽间的大穿衣镜前对着半裸的身体发呆。她哭了，觉得失去丈夫后的自己活得可真够难看的。但时光如水流，她越发地衰老了一截，如今还能怎么去风流?

这天，她主动约了Peter。Peter西装革履地来了，她倒还是几何图案的长裙配拖鞋，就是把头发剪得更短了些。

"就是想问你个事，当年你不是要开连锁麻辣烫店吗? 后来是怎么失败的?"她已经为Peter点好了一杯无糖果蔬汁。

Peter气泄了一半："就这事?"

"我现在反正也是闲着，也想进军餐饮业嘛。"姜翠微说。

"你要真闲，跟我一起出去玩儿呗。去趟地中海，再接着去北非。"Peter 说得漫不经心。

"我想开个冒菜店。"姜翠微没接茬儿。

"冒菜店都开滥了，还有小面。"Peter 不屑。

"那我就还是开麻辣烫店，开个绝对没有麻酱，只有香油大蒜碟的麻辣烫店。"姜翠微拿手腕撑住头。

"开吧开吧，没人吃，我就天天来吃。"Peter 灰心丧气。

"那我可就任着性子开了？你也不指点我些啥子。"姜翠微咬住吸管，吸溜溜吮完了半杯柳橙汁。

"我去年指点你买股票，你买了吗？你呀你，年龄大了倒又显出了妇人之仁。"

这话让姜翠微有点儿不高兴，连 Peter 都觉得她年龄大了。一直以来，她都把 Peter 看成是自己的最末之选，而 Peter 又何尝不是呢？两个人这些年对有些事其实也心知肚明，不然 Peter 不会白白只为她指点股票，最后竟成全了那个 Poppy。

"对了，那个 Poppy 现在咋样了？"姜翠微随口一问。

"Poppy 啊，跟我分了。"

姜翠微下巴差点儿掉下来："你俩啥时候搞在一起的？"

"股票嘛，还不是你撮合的好事。小姑娘对我死缠烂打的，将就着在一起了三个月，唉，现在的小姑娘，hold 不住，天天指着我买名牌，后来送了她一辆小跑，好歹算是分手了。"Peter 现在可真是越活越明白了。

姜翠微一口气吸完了杯子里的柳橙汁。

这个麻辣烫店她一定要开起来。她再也不想理会这些糟心的人跟事，她宁愿天天去剥蒜皮。

7

谁也闹不清楚，一个麻辣烫店，姜翠微为什么要搞这么讲究的装修。丝竹之声，屏风，红灯笼，长长的实木桌板条案，盘子碗的形状都跟别人的餐厅大不同。没关系，姜女士有的是钱。店开在一个高尚社区旁边，来吃饭的相当一部分却是老外。

蔬菜都是有机的，虽然没有她痛恨的北方麻酱，但另备了味噌、咖喱和芝士味底料给鬼佬。姜翠微在二楼还给自己做了一个阳光房，用来打麻将。

她觉得自己这辈子也许真的是有做生意的运，做什么都能挣钱，就是姻缘不如意了些，也许上帝是公平的。她庆幸当年好歹生下了一个珍贵的女儿，人生也不算完全没有寄托。

今天阳光房川麻头一局，最先到的是 Peter，他理了个平头，穿对襟亚麻褂子，手工布鞋，手腕上还戴了一堆不知什么木的手串，姜翠微一看他的这副扮相就来气："都跑我这儿来了，你装什么大师？"

Peter 眯眼坐下："大师称不上，你可以叫我净果，是我师父给我取的法名。"

姜翠微将手头的松子朝他扔过去，Peter 倒是敏捷地一避："施主，请不要动手嘛。"

　　后来，Peter 就拿了一把小钳子替姜翠微剥松子，翠微只管吃。等了快两小时，赵天晓和 Polly 还是没现身，都说临时有了事。

　　"那就再问问 Poppy 呗。"姜翠微阴阳怪气地建议。

　　Peter 面不改色："三缺一，有个什么用？何况她最近要结婚了，估计忙得不行。"

　　"她嫁谁了？"翠微问。

　　"好像嫁了个老外吧，她不是一直都视你为偶像的吗？"

　　姜翠微不说话。

　　"我觉得她结婚应该会请你。"Peter 又把几颗松仁扔进姜翠微面前的瓷碗里。

　　"会请你吗？"

　　"会吧。Poppy 挺像你年轻时候，性子直爽，为人大方。"Peter 竟然对 Poppy 还能有这番褒扬。

　　"但我年轻时候可没让人送过我车。"翠微说。

　　"那我现在送你，你要不要？"Peter 紧追一句。

　　"送我车就算了，开车送我回家就行。"姜翠微拍了拍手心的松子皮，这局麻将是不想再等下去了。

8

这还是 Peter 第一次来姜翠微的家。

雪白的墙，胡桃色的地板，蓝色的布沙发，高高的书架。十分不符合旁人对姜翠微家的想象。

房间里的肃穆感让 Peter 觉得似乎不能妄动，只能乖乖在沙发上坐下来。他抬脚注意了一下地面上铺的这块地毯上奇异的花纹，姜翠微把一只酒杯递到了他手边。他咳嗽了一声，赶紧接过来，气氛就此便陷入了静寂的尴尬。

姜翠微歪在旁边的另一具沙发上，晃了晃杯中的红酒："两个中年人在一起调情，无论怎么调都不会好看。"

"不要给我们的关系扣上调情这么大一顶帽子，"Peter 正襟危坐起来，"而且调情总好过偷情吧。翠微啊，你为什么年纪越大却活得越紧张了？"

"也许是年轻时把所有离经叛道的事都做完了，现在竟又古怪地矜持了起来。"姜翠微尝试着喝了一口酒，"也不知道是为什么。"

"也许是因为你对上一段婚姻有歉疚心，之后无意识地在惩罚自己，你不相信你还能再幸福一次。"Peter 语重心长。

"别跟我玩弗洛伊德那一套。我是玩够了，但你恐怕永远也玩不够。"

"翠微啊，你何必在乎我有没有玩够呢？你当下如果想玩我，你有这个本事也是有这个本钱的，我俩的关系和感情，会因为上一次床而产生什么剧变吗？不会的，该长流的细水它一定还要长流。我的意思是，我也许比不上那位马克斯深情，但我至少比赵天晓那丫的靠谱吧。我觉得我还是有些魅力的。"他撑了撑自己的肩膀。

姜翠微扑哧一声笑了出来，她本来还有一点儿感动。

"但你今天穿成这样，我对你就没什么性欲了。"

Poppy 的婚礼，"姜翠微"和"朱皮特"两个名字果然被排在了一起。

Peter 为姜女士拉了椅子，二人坐下后，却突然不知道该聊些什么。

床单已经滚过了，也见识过了彼此不再年轻的身体和依旧旺盛的情欲，却反而重获了年轻时刚认识会有的那种陌生和尴尬。

Poppy 和她的丹麦老公过来敬酒的时候，姜翠微和 Peter 慌慌张张地站起来接应，感觉他俩才像两个心虚的晚辈。Poppy 把嘴贴到姜翠微的耳边："跟他在一起啦？他活儿不错吧，好好享受啊。"

"今天是你大婚，你说这些话合适吗？"姜翠微在 Poppy 耳边回，又笑着跟新郎碰了一下杯。

Poppy 一点儿也不介意，开朗地把酒杯朝他们举了举，挽着丹麦人去下一桌了。

姜翠微重重坐回自己的椅子上，Poppy 并没有冒犯到她什么，

原来爱情也该足智多谋

她就是觉得自己的得失心悄悄变重了。她是比不得现在的这些小姑娘了。

而现在的 Peter，可不止有她一个女人，而他又有哪方面比得上她的前夫马浩瀚呢？除了年龄小了些？

"悲哀，这就是中年女人的悲哀。"她在心中默默诅咒一句，然后咕咚咽下了一大口酒。

Peter 看她一眼，说："你慢点儿。"

她没接话，她觉得以后还得继续去学书法和瑜伽。

9

"你不能那么想，微微，"古太太已写了整整十页的"太"，"有总比没有好吧，何况他功夫也不错啊，只要你自己愿意，反正我是没看到有什么坏处。"她抬起手腕，怔怔看着翠微，那眼神简直在说你要不干就换我。

晚上，姜翠微在地板上走来走去，"我当年要是没去上海，你会不会和我在一起？"她发微信问 Peter。但发完她就后悔了。

因为她是不会和他在一起的，她那时觉得自己有的是更好的选择。

Peter 的回话却很简洁："会啊，会的。"

但姜翠微很快就提出了自我批评：不能再这样了，如此患得患失，跟个小姑娘似的，简直被朱皮特给看白了。

除了学书法、做瑜伽跟陪女儿，其他时候她就逡巡在"小江湖"里迎来送往。饭店是个结识各路人士的好地方，她很快就有了几个或明或暗的追求者。Peter 偶尔来了店里，看姜翠微春风满面的就问："生意还行啊？"

　　"坐坐坐。"她带他到窗边的位子坐下，外面是一片草木，天色将雨未雨。

　　姜翠微又去另一桌跟相熟的客人打招呼，行贴面礼，说一串乱七八糟的法语。Peter 拿手撑着头，不知道从那看了几百遍的菜单上该点出些什么。最近股市大跌，他损失惨重，但不知道该跟翠微说到哪种程度。跟姜翠微，只能同甘，不能共苦。

　　姜翠微终于在他对面坐下，他伸手摸了摸她的手背："你的样子，其实这些年都没有多少变化。"

　　姜翠微抿嘴笑了一下："嘴突然这么甜，估计没好事吧？"

　　"翠微，如果我一直是个老老实实的男人，你估计也不会对我怎么上心吧。"Peter 散漫地说。

　　"你这话什么意思？"

　　"你好胜心很强，不过这是好事，你永远能让自己过得好。"

　　姜翠微抽回了自己的手，她觉得 Peter 过分严肃了。

　　"对了，赵天晓马上要去跑'北马'，等他跑下来了，我们应该找他聚聚，替他庆祝一下。"Peter 换了话题。

　　"赵天晓跑'北马'？"姜翠微睁大了眼睛，"就他那身体？"

"你不要小瞧老赵嘛，" Peter 说，"他今年一直在健身，体重只有 140 斤了，每天都跑步，你不看朋友圈的啊？"

"哦，那他估计是把我给屏蔽了……"她若有所思，难道赵天晓重新做人了？

她没注意到今天傍晚的 Peter 有些失魂落魄，跟他胡乱吃了一通饭，临了也没说去她家坐坐。Peter 走后，她还去另外几桌喝了几通酒。第二天上午，Poppy 给她打了电话，说 Peter 在家吃了一大瓶安眠药。姜翠微差点儿昏过去："为了什么啊？"

"还不是因为股票？这次股灾，他好像赔了一千多万吧。"

姜翠微扶着床头，依旧是没站住，他不是还在学佛吗？她以为他是最看得开的人，何况他还那般游戏人间，他怎么就被这一千万给打垮了？

姜翠微埋怨起了自己，她应该对他多一点儿关心，但她却忙着在感情天平的那一端，给自己增加些风流潇洒的砝码。但一切都太迟了，她又失去了一个她喜欢的人。

姜翠微扯开嗓子在房间里大哭，幸亏女儿已经上学去了。她哭得眼睛鼻子皱在一起，甚至哭得比浩瀚死时还要伤心。

中午，姜翠微浑浑噩噩地赶去了医院，Peter 却被医生给抢救回来了，目前正在 ICU 里躺着。病房外面等他醒来的没有一个女人，只有一个孤零零的赵天晓。

她和赵天晓并肩在长椅上坐下，一时也没什么话聊。

"你朋友圈为什么屏蔽我？"她突然问。

"屏蔽你？你就根本没加过我好吗？"赵天晓回她。

姜翠微又哭了，她觉得世界怎么就变得这么复杂了。年少时，她以为她嫁的人就是赵天晓，没想到他们各自结了婚，又失了婚，然后又重新开始，分别重新开始。而她又差点儿重新失去。

"你现在跟 Peter 在一起是不是？我听 Poppy 说的。"赵天晓问她。

"Poppy 的嘴还挺大。"她抽着鼻子。

"老朱啊，就是得势之后太风流了，这下子，简直就是报应。"赵天晓看着玻璃窗里那个一动不动的人说。

"你的嘴怎么能这么毒？"姜翠微开始护短。

"不过你俩倒是挺配的，你俩都看得开也放得开。回头你要劝劝老朱，让他在钱这件事上也看得开些，生活作风上倒是要收敛些。"赵天晓继续说教。

"你赵天晓没风流过吗？你老婆怀孕的时候你还在外头乱搞呢。你现在倒是教训起一个未婚男人来了？还有我，你哪只眼睛看见我放得开了？"

他俩在病房外大吵了一架，最后竟把 ICU 里的 Peter 给吵醒了。

10

人生不如意事，十之八九。

这句话成了 Peter 的口头禅。

自杀了一回后，他倒是立地成佛了，股也不炒了，姑娘也不找了，帮姜翠微管起了麻辣烫店，现在"小江湖"全城已经开了五六家了。

他和姜翠微并没有结婚，他们自愿维持这样一种松散而自由的男女关系。之后，阳光房里常有人来打麻将，赵天晓来过，Polly 来过，Poppy 也来过，但他们没有一起来过。

"我给你说，当时 Peter 没有吃安眠药，他吃的是维 C 片。"这话是有一次 Polly 来的时候对她说的，"他就是想吓你一下子，看你到底在不在乎他。当然哈，我也听的是江湖传闻，你最好亲自去问问他。"

姜翠微笑了一笑，却始终都没有去问过 Peter。不过她反而相信 Peter 是真的吃过安眠药。她早就人过中年，与其相信一个男人蓄谋已久的情深，不如相信意外可以成全本不能在一起的人。

朱皮特永远都是朱皮特，只是他能得到的已经到顶了。在顶端他看到的只有姜翠微一个。

而她姜翠微也还是姜翠微，想打麻将或想吃一顿麻辣烫的时候，朱皮特是她第一个会想到的人。

仿佛这样就够了。

你 的 感 冒 很 梵 高

人世间所有的相守，不都有一种感伤吗？无论多么相爱的两个人，终归要各自走上黄泉路，结不结婚都一样。一切都不完美，每个人都有一箩筐的不圆满；**但是，无论如何，他俩将会在彼此身上老去，以任何一种形式；世俗或者非世俗的。**

你 的 感 冒 很 甚 高

图书在版编目（CIP）数据

你的感冒很梵高/张小娴主编.—北京：北京联
合出版公司，2017.1

ISBN 978-7-5502-6308-6

Ⅰ.①你… Ⅱ.①张… Ⅲ.①短篇小说—小说集—中
国—当代 Ⅳ.①I247.7

中国版本图书馆CIP数据核字（2016）第287486号

你的感冒很梵高

主　　编：张小娴
责任编辑：孙志文
产品经理：张雪子
特约编辑：王　晶
排版制作：刘龄蔓

北京联合出版公司出版
（北京市西城区德外大街83号楼9层　　100088）
北京市雅迪彩色印刷有限公司印刷　　新华书店经销
字数：190千字　880mm×1230mm　1/32　印张：8.5
2017年4月第1版　2017年4月第1次印刷
ISBN 978-7-5502-6308-6
定价：38.00元